노자로 老子 살아보기

노자老子에서 얻는 인생의 지혜

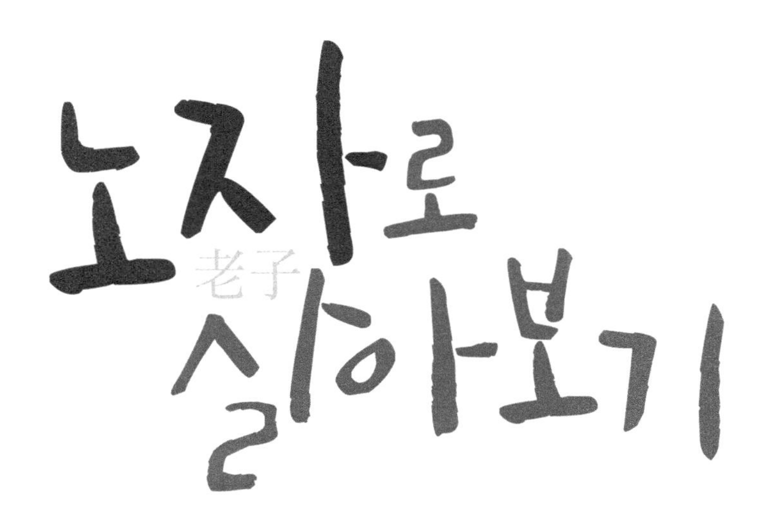

권용호 지음

學古房

노자老子로 살아보기

이제는 《노자老子》를 읽을 시간입니다. 노자의 가르침은 생명의 철학이자 치유의 철학이기 때문입니다. '사는 게 뭔지'라고 말하는 사람이 많아졌습니다. 잘난 사람이든 못난 사람이든 누구나 걱정과 고민이 있습니다. 그렇지만 누구도 이런 우리를 살펴주지 않습니다. 이럴 땐 노자의 가르침에 귀를 기울여 보십시오.

노자는 공자와 동시대를 살았던 철인哲人입니다. 노자와 공자 두 철인은 '춘추 시대'라는 난세를 만나 세상을 보는 극명한 시각으로 인간과 자연을 바라보았습니다. 두 사람의 사상은 훗날 도가 사상과 유가 사상으로 대변되어 오랜 세월 동양 사회를 지배해왔습니다. 선비들은 태평한 시기에는 유가의 사상과 학문을 익혔고 난세에는 도가의 사상에 영향을 받아 자연 속으로 물러나 심신을 수양했습니다.

사실 우리는 오랫동안 유가 사상의 보이지 않는 훈도薰陶 속에 높은 자리에 오르고 좋은 직장을 다니는 삶을 꿈꾸었습니다. 또 어려서 그러한 삶을 당연시하여 치열한 경쟁을 마다하지 않았습니다. 그러나 그 와중에 몸과 마음은 피폐해졌고 삶의 질은 도리어 나빠졌습니다.

얼마 전 '세계에서 가장 우울한 나라를 여행했다'는 미국 작가 마크 맨슨의 한국방문 동영상이 화제가 되었습니다. 그는 어린 시절부터 시작되는 치열한 경쟁, 끊임없이 타인의 평가를 받아야 하는 유교 문화, 보이는 것을 중시하는 물질주의 등이 한국인들에게 스트레스와 절망감을 주고 있다고 진단했습니다. 그 진단이 맞든 틀리든 공감하는 사람이 적지 않을 것입니다. 우리도 우리가 이렇게 물질이 만연하고 경쟁이 치열한 사회에 사는 줄을 몰랐습니다.

몇 년 전 퇴직한 어느 지인이 농촌에 전원주택을 지었습니다. 얼마 되지 않아 지인의 부인은 도회지 사람과의 관계 단절로 인한 스트레스로 다시 원래 살던 집으로 돌아가려고 했습니다. 분명 농촌의 한적함과 고요함이 좋아서 귀촌했을 것인데 도리어 그 한적함과 고요함을 이기지 못해 돌아간 것입니다. 이 이야기를 들으면서 우리가 물질이 주는 편리함에 익숙하여 마음의 고요함을 받아들이는데 얼마나 서툰지를 엿볼 수 있었습니다. 어느 노래의 가사처럼 전화기 충전은 자주 하면서 마음의 충전은 왜 하지 못하는 것일까요.

사회는 이렇게 경쟁 · 평가 · 물질만능주의로 나아가고, 개인은 한적함과 고요함을 받아들이지 못합니다.

이뿐만이 아닙니다. 사람과 사람 간의 관계는 또 얼마나 삭막하고 살벌합니까. 흔히 사람과의 관계를 풀어나가는 것이 가장 어렵다고 합니다. 모임을 하는 사람들과의 관계, 직장 상사와의 관계, 친구나 연인과의 관계 등등 무수한 갈등이 우리 앞에 놓여 있습니다. 이 과정에서 언성을 높이고, 시기하고, 욕심을 부리고, 상대를 짓눌러 이기려고 합니다. 이로 인해 대인 관계를 제대로 다룰 줄 몰라 회피하는 경향까지 나타납니다.

노자는 '비워라', '덜어내라', '다투지 마라', '부드러워져라' 같은 가르침을 제시합니다. 노자는 '채워라', '다투어라', '강해져라' 같은 현대 사회의 미덕을 말하지 않습니다. 오히려 비움으로써 얻고, 덜어냄으로써 채우고, 다투지 않음으로써 승리하고, 부드러움으로 강해지는 방법을 설파합니다. 참으로 아이러니합니다. 요즈음 시대에 비워서 어떻게 얻고 덜어내서 어떻게 채우고 부드러움으로 어떻게 강함을 이긴단 말입니까. 노자의 가르침 하나하나가 현대를 살아가는 우리에게 큰 울림으로 다가옵니다. 노자의 가르침은 우리에게 부작용이 없는 보약과 같습니다. 이 보약을 먹으면 마음이 편해지고 위로와 평안을 얻습니다. 이것이 지금 우리가 《노자》를 읽어야 하는 이유입니다.

지금으로부터 2,500여 년 전에 나온 이 책의 가르침이 아직도 우리에게 그대로 적용되는 것은 참으로 경이롭습니다. 50대 중반에 접어든 필자는 근래 《노자》를 읽으면서 그동안 살아오면서 겪었던 갈등에 대해 "노자의 가르침을 조금 더 일찍 알았더라면" 하는 생각이 문득문득 스쳐 지나갔습니다. 지금은 《노자》를 읽으면서 남모르게 마음의 위안과 평안을 얻곤 합니다.

중국의 저명한 현대문학 작가인 린위탕(林語堂,

1895~1976)은 "노자의 탁월한 언어는 마치 부서진 보석처럼 꾸밀 필요도 없이 반짝이며 빛난다."라고 형용한 바 있습니다. 필자는 참으로 그 보석의 세례를 받은 듯한 느낌이 듭니다. 서울대학교 영문과 교수였던 송욱宋稶 선생은 돌아가시기 직전 한국일보 기자와 인터뷰에서 자기가 가진 수천 권의 장서 중 단 한 권 가장 아끼는 책을 골라잡으라 한다면 서슴지 않고 《도덕경》의 주석을 모아 엮은 《노자익老子翼》을 택할 것이라고 했습니다. 《노자》 일서는 현대인에게 가장 가치 있는 책으로 손꼽기에 손색이 없습니다.

이 책은 노자의 핵심적인 가르침을 열 가지 주제로 나누어 기술했습니다. 이 책은 노자의 심오한 철학사상을 말하지 않습니다. 노자의 가르침이 현대 사회를 살아가는 우리에게 어떤 의미가 있고, 어떻게 받아들여 우리의 생활을 윤택하게 할 수 있는지에 초점을 맞추었습니다. 노자의 가르침을 동양 고전에 나오는 일화와 생활 속 이야기와 접목하여 독자들이 이해하기 쉽게 설명했습니다.

필자로서의 바람은 여기서 한 걸음 더 나아가 《노자》를 읽을 수 있다면 더욱 좋겠습니다. 《노자》는 국내에 여러

종류의 번역본이 있어 골라 읽으면 되겠습니다. 처음에는 어렵게 느낄 수 있지만 여러 번 읽으면 분명 《노자》가 주는 가르침의 진수를 맛볼 수 있을 것입니다. 노자 자신도 "내 말은 이해하기도 무척 쉽고, 실행하기도 무척 쉽다.(吾言甚易知, 甚易行)"《노자 · 제70장》라고 한 적이 있습니다. 이 책을 통해 인간과 자연의 조화를 꿈꾼 《노자》의 세계를 독자 여러분도 한 번 느껴보았으면 합니다.

소티재에서

권용호

노자와 《노자》라는 책

노자는 지금으로부터 2,500여 년 전인 춘추 시대 말엽 초楚나라 고현苦縣 사람입니다. 성은 이李씨, 이름은 이耳, 자는 담聸입니다. 그는 주周나라 수장실守藏室 사관史官을 지냈습니다. 수장실은 나라의 중요한 전적을 보관하는 곳으로, 지금의 국가도서관에 해당합니다.

노자는 공자와 동시대를 살았던 인물로 공자보다 20살 정도 많았다고 전합니다. 기록에 의하면 노자는 두 번 정도 공자의 예방을 받았습니다. 노자와 공자의 첫 번째 만남은 주나라의 도성 낙읍洛邑에서 이루어졌습니다. 주나라의 문물을 살피고자 했던 공자는 제자인 남궁경숙南宮敬叔에게 "내가 듣건대 노담老聃은 고금의 일에 정통하고 예악의 근본을 잘 알며 도덕의 종지宗旨에 밝다고 하니

나의 스승이다. 지금 찾아뵙고자 한다.(吾聞老聃博古知今, 通禮樂之原, 明道德之歸, 則吾師也. 今將往矣)"《공자가어孔子家語 · 관주觀周》라고 했습니다. 남궁경숙은 노나라 임금 소공昭公을 찾아 공자가 주나라를 방문해야 할 당위성을 말하며 지원을 요청합니다. 소공은 허락하며 공자에게 수레 한 대와 말 두 필에 마부를 내려주었습니다. 이때 공자는 마흔을 넘긴 나이였습니다.

공자는 낙읍에서 노자를 만나 예禮가 무엇인지 물었습니다. 노자는 공자가 낙읍을 떠날 때 작별하며 이렇게 말했습니다. "……무릇 오늘날 사인士人 군자들이 총명하고 깊은 인식을 지녔으면서도 오히려 위험에 빠져 죽을 지경에 이르는 것은 비난하고 남을 의론하기를 좋아하기 때문이고, 지식도 넓고 말도 잘하면서 가슴에 큰 뜻을 품고 있으면서도 오히려 스스로를 위험에 빠뜨리는 것은 남의 악한 점을 들춰내기를 좋아하기 때문입니다. 자식이 되어 부모가 자신을 걱정하지 않도록 해야 하고, 신하가 되어서는 군주가 자기를 미워하지 않도록 해야 합니다.(……凡當今之士, 聰明深察而近於死者, 好譏議人者也; 博辯閎達而危其身, 好發人之惡者也. 無以有己爲人子者, 無以惡己爲

人臣者)"《공자가어 · 관주》

노나라로 돌아온 공자는 제자들에게 노자를 이렇게 평했습니다. "나는 새는 내가 날 수 있고 물고기는 헤엄칠 수 있고 짐승은 달릴 수 있음을 잘 안다. 달리는 것은 그물을 쳐 잡으면 되고, 헤엄치는 것은 낚시를 드리워 잡으면 되며, 나는 것은 주살을 쏘아 잡으면 되지. 그런데 용龍은 말이야, 바람과 구름을 타고 하늘 높이 올라가니, 도무지 알 수가 없거든. 나는 오늘 노자를 만났는데, 그야말로 용과 같아서 감을 잡을 수가 없었다.(鳥, 吾知其能飛; 魚, 吾知其能游; 獸, 吾知其能走. 走者可以爲罔, 游者可以爲綸, 飛者可以爲矰. 至於龍吾不能知, 其乘風雲而上天. 吾今日見老子, 其猶龍邪)"《사기史記 · 노자 한비열전老子韓非列傳》

노자와 공자의 두 번째 만남은 공자가 쉰한 살 때 패沛 땅에서 이루어졌다고 하는데 어떤 내용이 오갔는지는 분명치 않습니다.

노자는 주나라에서 왕실이 날로 쇠퇴해가는 것을 보고 주나라를 떠날 결심을 했습니다. 서쪽으로 길을 잡아 함곡관函谷關에 이르렀습니다. 수문장 윤희尹喜가 다시 만날 수 없음을 아쉬워하며 평소의 생각을 책으로 남겨달라고 간곡히 부탁했습니다. 노자는 상 · 하편으로 5천여 자의 책을 써주었는데 도道와 덕德의 의미를 설명한 내용이었습니다. 《노자》라는 책은 바로 여기서 나오게 되었습니다.

학자들의 연구에 의하면 《노자》의 원고는 애초 춘추 말엽에 노자가 직접 구술口述하거나 저술한 것이며, 그것이 흩어져 전해지다가 하나의 책으로 엮어져 세상에 널리 유포되기 시작한 것은 전국戰國 시대 초엽이나 그 이전이었을 것으로 추정하고 있습니다. 이는 《논어論語》처럼 공자의 구술이지만, 훗날 공자의 제자와 재전再傳 제자의 손에 이루어진 것과 비슷합니다.

《노자》는 전해지는 과정에서 《도덕경道德經》으로 불렸습니다. 한나라 초에 황로黃老 사상이 유행할 때 한 경제景帝가 황로의 사상이 아주 심오하다고 여겨 '자'를 '경'으로 고쳐 부르면서 비로소 《노자》를 '경'으로 일컫게 되었습니다. 다만 당시에는 그 책 이름에 '도덕'이라는 말을 넣어 쓰지는 않았습니다. 그 후 동한東漢 사람 양웅(揚雄, 기원전 53~18)의 《촉왕본기蜀王本紀》에서 "노자가 함곡관 수문장 윤희를 위해 '도덕경'을 지었다.(老子爲關尹喜

著道德經)"라고 하면서 그 무렵 정식으로 이 이름이 정착되기 시작한 것으로 보입니다.

'도덕경'이란 명칭은 《사기 · 노자 한비열전》에서 "도덕의 의미를 말했다.(言道德之意)"라는 것에서 착안했습니다. 여기에 상편은 "도가도, 비상도道可道, 非常道"로 시작하며 '도'를 논하기에 '도경道經'이라 했고, 하편은 "상덕부덕, 시이유덕上德不德, 是以有德"으로 시작하며 '덕'을 논하고 있으므로 '덕경德經'이라 했습니다. 이에 《노자》 전편全篇을 '도덕경'이라고 불렀습니다. 《노자》 81장 중 '도경' 부분은 1~37장까지이고, '덕경' 부분은 38~81장까지입니다.

《노자》에서 '도'와 '덕'은 아주 중요한 개념입니다. '도'는 본체이고 '덕'은 그 작용과 구현을 두고 말한 것입니다. '도'는 우주의 근원이자 본원임과 동시에 우주 만물과 세상만사의 생성과 변화 발전을 지배하는 보편적인 법칙을 말합니다. 이러한 '도'의 가장 큰 특성이 바로 무위자연無爲自然입니다. '덕'은 오로지 '도'를 따라서 발현되는 것을 말합니다. 노자는 "큰 덕의 모든 표현은 오직 도를 따를 뿐이다.(孔德之容, 惟道是從)" 《노자 · 제21장》라고 했습니다. 그러므로 '덕'은 도의 특성인 무위자연의 토대에서 만물을 각각 저마다의 형태대로 발전시켜줍니다.

노자의 이러한 '도'와 '덕'의 사상은 자연의 순환에서 깊은 사유를 바탕으로 얻은 것입니다. 그것은 궁극적으로 우리네 인간 세상을 향해 있습니다. 노자 당시 혼란한 국가와 사회에 대한 처방이라고 할 수 있습니다. 예법을 만들면 만들수록 국가와 사회는 어지러워졌습니다. 노자는 이러한 세상에서 무위자연의 이치를 설파하여 국가와 사회는 안녕과 평화를 이룩하고 개인은 행복한 삶을 영위토록 하려 했습니다. 생각해보면 노자 당시의 모습은 지금도 변함이 없습니다. 물질적 가치를 우선시하여 경쟁은 치열하고 사람들의 관계는 날로 소원해지고 있습니다. 그래서 노자의 이러한 가르침이 우리에게 새로운 가치로 다가옵니다.

《노자》 81장은 시종 시간이나 장소, 인물에 대한 언급은 전혀 없고 전편全篇에 걸쳐 철학적인 견해와 주장으로 이루어져 있습니다. 각기 독립된 짧은 글로 연결되어 있고, 각 장 사이에는 연관성이 거의 없습니다. 압운押韻이 되어있어 리듬감을 살려 낭송하기에도 아주 좋습니다.

현존하는 《노자》 판본 가운데 가장 오래된 것은 1993년에 발굴된 곽점郭店 초간본楚簡本 《노자》로 전국 시대 중엽의 것으로 추정됩니다. 이 판본은 발췌본입니다. 다음으로 오래된 판본은 1973년에 발굴된 장사長沙 마왕퇴馬王堆 백서본帛書本 《노자》로 진秦 · 한漢 교체기의 사본寫本으로 추정됩니다.

한대의 판본으로는 하상공河上公의 《노자장구老子章句》와 엄준嚴遵의 《도덕진경지귀道德眞經指歸》가 전하는데 모두 양생養生의 관점에서 풀이한 판본입니다. 삼국시대에 오면 위魏나라 사람 왕필(王弼, 226~249)이 《도덕경》에 주석을 단 《노자주老子注》가 나옵니다. 이 책은 노자의 《도덕경》 81장에 대해서 매 장마다 원문 아래 자신의 해석을 달아놓았는데, 있음[有]과 없음[無]의 관계를 설명했습니다. 왕필본은 초기에 필사본으로 전해지다가 당대 이후로 목판 인쇄본으로 간행되었습니다.

이상의 판본 중에 후세 가장 널리 읽히고 있는 것은 하상공본河上公本과 왕필본王弼本입니다. 하상공본은 양생을 중시하는 도교 인사들이 선호했고, 왕필본은 깊은 철학적 사유 때문에 사대부들이 선호했습니다. 이후 왕필본은 '통행본通行本'으로서 1,700여 년 동안 지속적으로 필사 · 판각 · 전수되면서 절대적인 권위를 누렸습니다.

노자의 사상은 훗날 법가에 계승되었습니다. 한비韓非는 노자의 영향을 받아 '해로解老'와 '유로喩老'를 지어 노자 텍스트를 재해석하여 통치술에 적용했습니다. 한 무제武帝 때는 "밖으로는 도가, 안으로는 법가外道內法"라고 일컫는 통치 유형을 유지하는 원동력이 되었습니다. 삼국시대에 이르러서는 위나라 조조曹操의 정치적 기반을 구축하는데도 강력한 힘으로 작용했습니다. 이외에 노자의 가르침은 역대 중국의 통치자뿐만 아니라 수많은 문인의 마음속 깊은 곳에 자리 잡아 처세와 치유의 사상으로 뿌리를 굳게 내리면서 오늘날까지 이어져 오고 있습니다.

| 차례 |

1. 비움[無]

밤하늘을 바라봅니다. 반짝반짝 빛나는 별을 제외하면 온통 암흑천지입니다. 모두가 빈 공간입니다. 그 속에서 별은 탄생하고 생장과 소멸을 거듭하겠지요. 비움이란 모든 만물을 잉태하는 공간입니다. 우주는 우주대로 지구는 지구대로 비워진 상태에서 만들어졌습니다.

이번에는 제 방을 둘러봅니다. 원래는 빈 공간이었지만 하나둘씩 놓아둔 물건으로 채워졌습니다. 이 방이 채워지면 또 물건들을 비워내야 하겠지요. 이렇게 보니 우주나 작은 방이나 자연의 순환법칙은 같습니다. 비우면 채우고 채우면 비워지는 이치를 가장 먼저 터득한 사람이 노자였습니다.

'비움'은 《노자》에서 '없음[無]'과 '비움[虛]'으로 나옵니다. '없음'은 그 자체로 아무것도 없는 것이고, '비움'은 공간에 무엇이 들어있지 아니한 것을 말합니다. 결국 둘 다 아무것도 없음을 말합니다.

그렇다면 '아무것도 없음'이란 무엇일까요? 진정으로 비어있는 상태입니다. '진정으로'라는 말을 붙인 것은 '반드시' 혹은 '절대적'이기 때문입니다. 비어있지 않으면 우리가 아는 사물이나 개념이 되지 않습니다. 또 그 쓰임도 다할 수 없습니다. 그것은 속이 꽉 찬 덩어리에 불과합니다. 그런데 참 이상하게도 사물이란 분명 우리 눈에 보이는 것인데 어찌하여 반드시 비어있어야 사물이 된다는 걸까요. 노자는 이렇게 말합니다.

> 문과 창을 뚫어 방을 만드는데, 그 가운데에 아무것도 없는 빈칸이 있어서 비로소 방으로서의 기능을 하게 된다.(鑿戶牖以爲室, 當其無, 有室之用. 故有之以爲利, 無之以爲用) 《노자 · 제11장》[1]

그렇습니다. 그것 역시 사물을 구성하는 중요한 요소이

1) 본서에 나오는 《노자》 해석문은 박삼수의 《쉽고 바르게 읽는 노자》(문예출판사, 2022년)에서 인용하였다.

기 때문입니다. 사실 우리는 집이 문과 창 그리고 방으로 이루어진 것이라고 알고 있습니다. 그렇지만 문과 창만 떼어놓고 보면 집으로 볼 수 있을까요. 꽉 막힌 공간이 되니 집으로 볼 수 없을 것입니다. 여기서 비움의 가치가 빛을 발합니다. 문과 창으로 공간을 나누고 비워 놓았기에 우리는 각각의 방이 있는 집으로 인식합니다. 이렇게 비움이란 우리가 알고 있는 사물을 구성하는 아주 중요한 부분입니다. 보이지 않고 인식하지 못할 뿐입니다. 노자는 또 수레바퀴와 그릇을 예로 들어 설명합니다.

> 수레바퀴의 서른 개 바큇살은 바퀴통 하나를 에워싸고 있는데, 그 가운데 아무것도 없는 빈 구멍이 있어서 비로소 수레로서의 기능을 하게 된다. 찰흙을 이겨 그릇을 만드는데, 그 가운데에 아무것도 없는 빈 곳이 있어서 비로소 그릇으로서의 기능을 하게 된다.(三十輻, 共一轂, 當其無, 有車之用. 埏埴以爲器, 當其無, 有器之用)《노자 · 제11장》

이 구절 역시 비움의 의의와 작용을 설명한 것인데 참으로 절묘합니다. 바퀴통을 보면 바큇살이 꽂힐 수 있게 가운데가 비어있습니다. 그 비움이 없으면 바큇살을 꽂을 수 없으니 수레바퀴는 제 기능을 할 수 없을 것입니다. 이는 자전거 바큇살만 봐도 알 수 있습니다. 그릇도 안쪽이 비어있어 음식을 담을 수 있습니다. 비어있지 않았다면 그릇으로서의 기능을 할 수 없습니다.

그래서 노자는 "유형의 물체가 사람들에게 편리함을 가져다주는 것은 그 가운데에 있는 무형의 빈 공간이 그 나름의 작용을 하기 때문이다.(有之以爲利, 無之以爲用)"《노자 · 제11장》라고 설명했습니다. 이를 봐도 비움은 사물에서 중요한 요소임을 알 수 있습니다.

알고 보면 우리 주변의 모든 사물은 비어있습니다. 핸드폰도 알고 보면 좁은 공간에 수많은 부품이 일정한 간격을 유지한 채 비어있습니다. 비어있지 않고 촘촘히 붙어 있다면 부품들은 핸드폰의 내부 열기로 녹아버릴 것입니다. 음악에서도 음과 음 사이가 비어있어야 음악으로서 쓰임을 다하지 음과 음이 붙어 있으면 연주할 수 없는 음악이 될 것입니다. 더 넓게 보면 우주도 실상은 비어있습니다. 비어있기에 그 속에서 무수한 별들이 탄생하기도 합니다.

이 모두가 비어있어 그 나름의 쓰임을 다하고 주변 사물과 서로 작용하는 것입니다. 노자는 이를 풀무에 비유하여 설명했습니다.

> 하늘과 땅 사이는 아마도 커다란 풀무와 같으리라! 속은 텅 비어있지만, 그 작용은 다 함이 없나니, 발동發動을 하면 할수록 더욱 끊임없이 만상萬象을 만들어낸다.(天地之間, 其猶橐籥乎! 虛而不屈, 動而愈出)《노자 · 제5장》

풀무의 작용은 가운데가 비어있어 공기를 모읍니다. 아궁이 쪽으로 눌러 주거나 밟아주면 불을 더욱 크게 일으킬 수 있습니다. 그러니 비어있음으로 인해 풀무는 풀무로서 기능합니다. 노자는 이를 하늘과 땅 사이의 공간으로 보고 그 비워짐으로 만물이 그 사이에서 생장 소멸하는 이치를 설파하였습니다. 2,500년 전에 비움의 가치를 발견한 노자의 통찰이 참으로 놀랍습니다.

사람은 어떨까요. 사람은 자신의 마음 그릇에 무언가를 계속 채우려고 합니다. 계속 채우려 하다 보니 문제가 생깁니다. 이른바 넘치는 것입니다. 넘친다는 것은 주체가 되지 않는 것입니다. 사람으로 치면 욕망이나 집착이 넘치는 것이겠죠. 그 과정에서 조바심 · 불안감 · 경쟁심 같은 온갖 나쁜 감정과 스트레스가 생겨납니다. 방에 물건을 계속 채워 넣으면 결국 누울 공간조차 없게 되듯이 말이죠.

이럴 때 비움의 가치가 빛을 발합니다. 노자의 사상을 이어받은 장자莊子는 이런 비유를 들어 설명했습니다. "가령 배로 강을 건널 때 그 한쪽이 빈 배인데 자기 배에 와 부딪쳤다면 아무리 성급한 사람이라도 화를 내지는 않을 겁니다. 그러나 그 배에 한 사람이라도 누가 타고 있다면 소리쳐 그 배를 피하거나 물러가라고 할 겁니다. 한 번 소리쳐 듣지 못해서 다시 소리쳐도 듣지 못해 결국 세 번째 소리치게 되면 반드시 욕설이 따르게 마련입니다. 아까는 화를 내지 않았는데 이번에는 화를 내는 것은 아까는 빈 배였고 지금은 사람이 타고 있기 때문입니다. 이처럼 사람도 스스로를 텅 비게 하고 세상을 산다면 그 무엇이 그에게 해를 끼칠 수 있겠습니까?(方舟而濟於河. 有虛船, 來觸舟. 雖有惼心之人不怒, 有一人在其上 則呼張歙之. 一呼而不聞, 再呼而不聞, 於是三呼邪. 則必以惡聲隨之. 向也不怒而今也怒, 向也虛而今也寬. 人能虛己以遊世, 其孰能害

之)"《장자 · 산목山木》 장자는 자신을 비우면 자신을 해칠 수 있는 사람은 없다고 웅변합니다. 즉 나쁜 감정과 스트레스로 인한 해를 입지 않음을 말하고 있습니다.

결국 사람은 비워야 마음 안과 밖에서 오는 해로움을 피할 수 있고 더 나은 가치를 비워진 자리에 채울 수 있습니다. 그리하여 사람으로서의 타고난 본성을 회복하고 마음의 위로와 평안을 얻을 수 있습니다.

비움의 모습은 다양하게 나타납니다. 살찐 사람이 살을 빼는 것도 비움이고, 도서관에 책을 기증하는 것도 비움이고, 운동할 때 힘을 빼고 치는 것도 비움입니다. 이러한 비움의 작용은 실로 대단해서 살을 빼면 몸이 가벼워지고 책을 기증하면 마음이 흐뭇해지고 몸에 힘을 빼고 치면 몸은 부드러워지고 공을 더욱 세게 칠 수 있습니다.

그러나 우리가 일상에서 이 '비움'의 가치를 발견하고 실천하기란 쉽지 않습니다. 비운다는 것은 아주 쉬운 것 같은데도 말이죠. 노자 자신도 이렇게 말한 적이 있습니다.

> 내 말은 이해하기도 무척 쉽고, 실행하기도 무척 쉽다. 하지만 세상에 아무도 제대로 이해하지 못하고, 또 제대로 실행하지 못하도다.(吾言甚易知, 甚易行. 天下莫能知, 莫能行)《노자 · 제70장》

노자는 더 나아가 사람들이 자신의 말을 이해하고 실행하지 못하는 이유를 "무릇 말에는 그 본원이 있고, 일에는 그 근거가 있다. 사람들은 바로 그러한 것을 알지 못하기 때문에 나를 이해하지 못하는 것이다.(言有宗, 事有君. 夫唯無知, 是以不我知)"《노자 · 제70장》라고 했습니다. 노자가 말한 '본원'과 '근원'이 바로 이곳에서 말한 '비움'입니다.

이 '비움'은 공기처럼 눈에 보이지도 않고 느낄 수도 없습니다. 그것은 고요할 때, 부드러울 때, 다투지 않을 때 느낄 수 있는 것입니다. 시끄러울 때, 분잡할 때, 경쟁적일 때는 느껴지지 않습니다. 《노자》의 주석으로 유명한 왕필(王弼, 226~249)[2]은 사람들이 비움의 가치를 제대로

2) 중국 삼국시대 위魏나라의 학자이다. 자는 보사輔嗣이다. 위진魏晉 시대 노장학老莊學의 시조로 불린다. 저서로는 《노

실천하지 못하는 이유가 "마냥 서둘러 이루려는 조급한 욕망에 현혹되고惑於躁欲" "온갖 영화와 명리에 미혹되었기迷於榮利" 때문이라고 진단하였습니다. 그의 말이 현대인에게도 와닿습니다. 그럼에도 공기가 인간에게 없어서는 안 되듯이 비움도 우리가 살아가는데 살펴야 할 덕목입니다.

비움은 덜어내기입니다. 우리는 물질이 풍요로운 시대에 살고 있습니다. 주위에는 모든 것이 차고 넘칩니다. 사람들은 한결같이 채우려고만 합니다. 그러나 끊임없이 채우려다 큰 피해를 보고 고통을 겪는 모습을 자주 볼 수 있습니다. 이럴 때 한발 물러나 넘쳐나는 것을 덜어낼 줄 알아야 합니다.

평소 잘 알고 지내는 선생님이 계십니다. 정년을 맞아 은퇴하시면서 평생 모은 장서를 어떻게 처리할지 고민하셨습니다. 그 선생님은 본인에게 필요한 책 몇 권만 남겨두고 도서관에 전부 기증했습니다. 그리곤 저에게 이상하

자주老子注》·《주역주周易注》 등이 있다.

게도 마음이 그렇게 편해질 수가 없더라고 말해주었습니다. 아끼던 책이었지만 자신에게서 덜어냄으로써 마음의 평안을 얻은 것이었습니다. 책을 계속 갖고 있었다면 책을 처리하는 문제로 두고두고 고민했을 것입니다. 그것은 그 선생님에게는 스트레스로 남았을 것입니다.

제 서재에도 수십 년간 모아놓은 책이 있습니다. 집사람은 이 책을 못마땅하게 생각합니다. 방 청소를 할 때면 늘 책을 처분할 것을 '명'합니다. 젊은 시절 발품을 팔아 구한 책들이라 함부로 처리하지 못하고 있었습니다. 하루는 쌓인 서류 더미를 정리하고 있는데, 집사람은 이때다 싶어 보지 않는 책을 처분하자고 했습니다. 뜻하지 않은 집사람의 다그침으로 저는 오래된 책을 정리하기로 마음먹었습니다. 그런데 버리고 나니 놀랍게도 방은 훨씬 깔끔해졌고 마음은 한결 가벼워졌습니다. 저 역시 책을 덜어냄으로써 그 선생님과 같은 경험을 한 것입니다.

물건만 덜어낼 수 있는 것은 아닙니다. 우리의 마음에 넘쳐나는 욕심 · 집착 · 시기심 · 조바심 같은 것도 덜어낼 줄 알아야 합니다. 이것을 덜어내면 마음이 편안해지고 진정으로 행복해집니다.

칼럼니스트 손관승은 이렇게 말합니다. "멀리 가려면 가벼워져야 한다. 순례길이 아닌 바스크 지방을 걷고 있는 나도 마음의 배낭에서 무거운 것을 하나둘 덜어낸다. 대표이사 · 교수 · 특파원 같은 과거의 직함이다. 실력 이상으로 높게 날게 해준 고마운 날개들이지만 이젠 걷는데 방해될 뿐이다."(《조선일보》 2024년 2월 3일자 B11면)

길을 가는데 직함이나 명성은 아무런 도움이 되지 않습니다. 손관승씨는 자신의 명성을 때에 맞게 덜어냄으로써 진정한 걷기를 시작하였습니다. 저는 이를 마음이 편안해지려면 가벼워져야 하고, 가벼워지려면 덜어내야 한다고 이해합니다. 마음의 짐을 덜어내고 가벼워질 때 마음은 편안해집니다.

노자는 당시 사람들이 이러한 가치를 제대로 실행하지 못하고 "사람의 도는 그렇지 아니하나니, 모자라는 이의 것을 덜어서 넘치는 이에게 바치도다.(人之道, 則不然, 損不足以奉有餘)"《노자 · 제77장》라고 지적하였습니다. 이 얼마나 현대인에게 맞는 통렬한 지적입니까.

비움은 빼기입니다. 비움은 더하는 것이 아닙니다. 비

움으로써 공간이 드러나고 사물의 참 면목을 볼 수 있게 됩니다. 더하고 더한다면 결국에는 넘쳐나게 될 것입니다.

> 만사 · 만물은 일단 강성하면 점차 쇠락하게 되는 법, 강성함을 좇는 것은 도의 정신에 부합되지 않는다 할 것이니, 무엇이든 도의 정신에 부합하지 않으면 일찍 쇠멸하게 된다.(物壯則老, 是謂不道, 不道早已) 《노자 · 제30장》

더함과 넘쳐남은 노자의 말에 의하면 강성함을 좇는 것과 같아서 도의 정신에 맞지 않습니다. 그것은 결국 쇠멸의 길을 걷게 됩니다.

우리는 흔히 무얼 뺀다고 하면 자신에게 손해가 된다고 생각합니다. 그만큼 뺀다는 것에 익숙하지 않습니다. 그동안 더하는 것만 알아왔기 때문입니다. 뺀다고 완전히 없어지는 것은 아니라는 점을 알아야 합니다. 오히려 뺌으로써 얻을 수 있다는 것을 생각해야 합니다. 노자는 이렇게 말합니다.

넓은 덕은 오히려 부족한 듯하다.(廣德若不足) 《노자 · 제 41장》

빼다는 것은 뭔가 부족하고 손해를 보는 것 같지만 이것이야말로 우리가 알아야 할 지혜인 '넓은 덕'입니다. 노자에 의하면 '덕'은 만물을 생장 소멸시키는 도道를 말합니다. 도를 깨닫는 것은 사물의 본질을 보는 것이자 마음의 평안을 얻는 것입니다.

불필요한 낱말이나 문장을 날려버릴 때 쓰는 교정부호가 있습니다. 일명 '돼지 꼬리표'입니다. 원고를 작성하다 보면 '돼지 꼬리표'를 달 곳이 많습니다. 천금 같은 내 글이 없어지는 것이지요. 사용하기 주저하지만 그래도 '돼지 꼬리표'를 사용하고 다시 읽으면 희한하게도 문장이 한결 매끄럽고 잘 통합니다. 이 역시 쓸모없는 낱말을 뺌으로써 얻는 효과입니다.

제 사무실에는 전원 스위치가 접촉 불량인 히터가 있습니다. 날씨가 추워 사무실에 들어오면 빨리 히터를 켜려고 번개 같은 속도로 마구 눌러댑니다. 그런데 누르면 누를수록 히터가 켜지지 않습니다. 그러다 한번은 슬쩍

눌렀는데 단번에 켜지는 것이 아니겠습니까. 그때 힘을 세게 주고 누르는 것이 살짝 누른 것만 못하다는 것을 알았습니다.

김성윤 음식 전문기자는 한우의 발골 체험을 통해 진정으로 힘을 뺀다는 것이 어떤 것인지를 알았습니다. '광평미트' 고용재 대표가 김 기자에게 "제비추리를 잘라보라"라고 했습니다. 김 기자는 12cm나 되는 칼을 잡고 볼록한 등뼈 모양을 따라 칼을 움직였습니다. 그러나 칼날은 예상보다 잘 나가지 않았고 뼈에 칼날이 걸리면 마치 붙잡기라도 한 듯이 칼이 움직이지 않았다고 합니다. 고 대표가 이런 그에게 이렇게 말했습니다. "어허! 칼을 최대한 가볍게 잡고, 칼끝은 최대한 얕게 넣으셔야죠. 그래야 칼이 잘 나가요." 김 기자는 그의 말대로 칼을 쥐어봤습니다. 놀랍게도 고기가 훨씬 쉽게 잘렸습니다. 칼날이 뼈에 닿았을 때도 유연하게 돌려 피해 나갈 수 있었습니다. 하지만 '힘 빼기'가 말처럼 쉽지 않았습니다. 자꾸만 손에 힘이 들어갔습니다. 그러자 고 대표는 그에게 "발골은 최대한 힘을 빼야 돼요. 세상일이 다 그렇잖아요."라고 말해주었다고 합니다. (《조선일보》 2023년 9월 23일자 B4면)

우리가 일상에서 뺀다는 것은 이런 일에만 국한되는 것은 아닐 것입니다. 힘 · 감정 · 인간관계 등 다양한 방면에서 '뺀다'는 것의 효용이 작동할 수 있을 것입니다. 그래서 노자는 "도의 본체는 텅 비어있지만, 그 작용은 무궁무진한 것 같다.(道沖, 而用之或不盈)"《노자 · 제4장》라고 설파했습니다.

비움은 내려놓기입니다. 내려놓기는 체념하거나 포기하는 것이 아닙니다. 내려놓음으로써 다시 우리의 본성을 회복하는 것입니다. 현대를 살아가는 우리는 사람의 관계 · 금전 · 명예에 집착하여 큰 범죄를 저지르는 경우를 종종 봅니다. 헤어진 여자친구에게 집착하여 큰 범죄를 저지르거나 정치인이 뇌물을 받고 구속되는 경우를 봅니다. 집착하면 집착할수록 번민과 고통은 커집니다. 또 사업이 잘 되는 사람일수록 더욱 큰 성취를 추구합니다. 이들은 내려놓지 못하고 끊임없이 계속 나아가려고 합니다. 이럴수록 위험은 더욱 커지게 됩니다.

'퀴팅(quitting)'이라는 영어 단어가 있습니다. '그만둔다', '때려치운다'는 말입니다. 우리의 타고난 본성을 회복하기 위해 과감히 '퀴팅'하는 것도 내려놓기라고 할 수 있습니다. 미국의 여자 기계체조 역사상 단일 올림픽에서 가장 많은 메달을 목에 건 시몬 바일스는 2021년 도쿄 올림픽에서 '나의 몸과 마음을 보호하기 위해 내린 결정'이라며 네 종목을 기권했습니다. 그녀는 몸과 마음을 위해 자신의 명예를 내려놓는 큰 결단을 하였습니다. 프로골프의 전설인 타이거 우즈는 교통사고 이후인 2022년 4월 마스터즈 토너먼트에서 '완벽주의'를 내려놓아 47위를 하고도 만족하였습니다. 그는 자신의 성적에 실망할 수 있음에도 성적에 대한 열망을 내려놓음으로써 마음의 평안을 얻었습니다. 시몬 바일스와 타이거 우즈를 통해서 '내려놓음'을 통해 얻어지는 것이 얼마나 크고 위대한지를 엿볼 수 있습니다.

인기리에 방영되었던 '용의 눈물'과 '태조 왕건'의 대본을 쓴 이환경 작가는 TV에 방영된 수십 편의 극본을 집필했습니다. 지금도 '누가 기침 소리를 내었는가', '관심법으로 보았다' 같은 명대사가 유행합니다. 이환경 작가의 작업실 한편에는 '방하착放下着'이라는 글귀가 걸려있습니다. '용의 눈물' 제호를 쓴 초당 이무로 선생에게 받은 글씨입니다. '내려놓으라'는 뜻입니다. 이환경 작가는 '용의 눈물'이 한창 잘될 때 이 문구를 좌우명으로 삼았다고 합니다. "어느 순간 나를 대하는 사람들의 태도가 달라지고, 내가 너무 많은 걸 움켜쥐고 있다는 생각이 들더라고요. 볼 때마다 옷깃을 여미고 마음을 가다듬습니다."(《조선일보》 2023년 11월 7일자 A20면)

현대 사회에서 소통하는 것은 아주 중요합니다. 유명한 종교인도 인간관계에서 소통이 가장 어렵다고 말한 것이 기억납니다. 대화할 때 상대에 대해 편견을 가지면 내 마음에 색안경을 끼는 것과 같습니다. 나의 선입견과 고정관념, 그리고 내 생각을 내려놓고 상대방의 말을 있는 그대로 보고 들어야 합니다. 그렇지 않고 내 생각으로 판단하거나 분별하면 소통이 잘되지 않을 것입니다.

'덜어냄' · '뺌' · '내려놓기'는 모두 비움의 또 다른 표현입니다. 이것은 불필요한 것을 버리는 것도 자신에게 손해가 되는 것도 아닙니다. 일보 후퇴하여 2보 전진하는 것입니다. 진정으로 비울 때 마음의 평안과 활력을 얻고 자신을 지킬 수 있기 때문입니다.

욕망의 항아리를 부여잡고 가득 채우려 하기보다는 애당초 그만두는 게 낫다. 재간才幹의 칼날을 한껏 날카롭게 하면 오래 보존할 수가 없다.(持而盈之, 不如其已; 揣而銳之, 不可長保)《노자 · 제9장》

노자는 사람들이 끊임없이 자신의 바람을 채우려 한다면 결국 그로 인해 마음의 고통과 상처는 더욱 커질 것이라고 말합니다. 이 때문에 노자는 "도를 견지하는 사람은 스스로를 가득 채우려고 하지 않나니, 바로 그처럼 스스로를 가득 채우려고 하지 않기 때문에 낡은 것 가운데서 새로운 것을 이룰 수 있는 것이다.(保此道者, 不欲盈. 夫唯不盈, 故能蔽而新成)"《노자 · 제15장》라고 하여 채우려 하지 않는 사람은 도리어 그 비움에서 새로운 성취를 이룰 수 있다고 했습니다.

우리는 이런 사례를 사회복지 모금 공동회에 1억원을 기부해 '아너 소사이어티(고액기부자 모임)'의 회원이 된 감귤 농부 양학량씨에게서 봅니다. 그의 제주도 서귀포 자택 대문에는 이런 글귀가 적혀 있습니다.

욕심을 버리고, 마음을 비운 자리에 행복이 찾아온다.

양씨는 어렵게 터득한 하우스 감귤 노하우로 큰돈을 벌 수 있었지만, 주변에 하우스 재배 방법을 모두 알렸다고 합니다. 이처럼 마음을 비운 곳에서는 무궁무진한 창조적 인자와 위대한 역량이 생기게 됩니다. 우리는 여기서 비움의 진정한 가치를 엿보게 됩니다.

2. 하지 않음[無爲]

오늘 우리 동네 숲길에서 연분홍 매화가 핀 것을 보았습니다. 팝콘이 터지듯 예쁘게 피었더군요. 조금 있으면 개나리와 진달래도 피겠지요. 어느덧 봄이 오려나 봅니다. 누가 이렇게 계절을 순환하게 하고 만물을 피어나게 하는 것일까요? 어마어마한 힘이 작용하는 것일까요? 주위를 둘러봐도 아무것도 느껴지지 않고 보이지도 않습니다.

> 대도大道는 그야말로 널리 행해져 상하좌우 이르지 않는 곳이 없다. 만물이 모두 그것에 의지해 생겨나고 자라지만 이래라 저래라 어떤 간섭도 하지 않는다.(大道氾兮, 其可左右. 萬物恃之而生而不辭)《노자 · 제34장》

노자에 의하면 계절이 순환하고 만물이 피어나는 것은

‘대도大道’ 때문입니다. ‘대도’란 바로 대자연의 순환법칙이겠지요. 노자는 “도는 영원불변하고, 오직 우주 만물의 자연적 변화 발전에 순응하며 무위하지만, 세상의 어느 것 하나 이루어내지 않는 것이 없다.(道常無爲而無不爲)” 《노자 · 제37장》라고 했습니다.

그렇습니다. 대자연은 아무것도 하지 않고 만물을 잘도 빚어내고 잘도 키웁니다. 또 억지를 부리거나 이래라저래라 간섭하지 않습니다. 그냥 그렇게 내버려 둡니다. 노자는 대자연의 순환에서 영감을 받고 ‘하지 않음’의 이치를 설파했습니다. 대자연처럼 하지 않고 위대함을 빚어내는 힘이 바로 ‘하지 않음’, 즉 무위無爲입니다. ‘하지 않음’은 《노자》 전편을 관통하는 아주 중요한 말입니다.

중국 자금성紫禁城 교태전交泰殿에는 ‘무위無爲’ 두 글자가 큼지막하게 쓰인 편액이 걸려있습니다. 60년 넘게 중국을 통치한 청나라 강희제康熙帝가 직접 썼다고 합니다. 황후가 천추절千秋節[3]에 하례를 받는 교태전에 ‘무위’ 편액을 건 것은 황후에게 조정의 일에 간섭하지 말고 하

3) 중국에서 황태자나 황후의 생일을 이르던 말이다.

지 않음으로써 천하를 다스리는 '무위'의 미덕을 일깨워 주기 위해서였습니다. 강희제가 직접 쓴 글자는 현재 이 '무위' 두 글자와 '복福' 한 글자만 남아 있다고 합니다.

강희제는 재임 기간 노자의 가르침을 통치술에 잘 적용했기도 했지만, 그 자신도 노자의 가르침을 잘 실천했습니다. 일례로 그는 재임 기간 백만의 만주족으로 1억 명의 한족을 포용했고 티베트를 복속하고 대만을 정벌했으며 신장新疆을 얻는 등 혁혁한 공을 세웠음에도 자신의 치적을 내세우지 않고 절제와 청빈한 생활을 하였습니다. 명나라 시절 무려 9만여 명의 환관과 궁녀들이 있었지만, 강희제는 약 400명으로 인원을 감축했습니다. 심지어 강희제 침전의 내관 숫자도 10여 명에 불과했습니다.

그의 이러한 모습은 노자가 "나에게는 세 가지 보배三寶가 있으며, 나는 그것을 잘 지키며 보존하고 있는데, 첫째는 자애慈愛요, 둘째는 검약儉約이요, 셋째는 감히 천하 만인의 앞에 나서지 않는 것이다. 무릇 자애로우므로 할 일 앞에서 용감할 수 있고, 검약하므로 영토를 넓힐 수 있으며, 감히 천하 만인의 앞에 나서지 않으므로 천하 만물의 우두머리가 될 수 있는 것이다.(我有三寶, 持而保之:

一曰慈, 二曰儉, 三曰不敢爲天下先. 慈, 故能勇; 儉, 故能廣; 不敢爲天下先, 故能成器長)"《노자 · 제67장》라고 한 것에 부합되는 면입니다. 이점이 강희제가 '천년에 한 번 나올까 말까 하는 황제'의 의미로 '천고일제千古一帝'로 칭송받은 이유가 아닐까요.

'하지 않음'은 억지로 하지 않기입니다. 대자연은 끊임없이 순환합니다. 그 속에서 다양한 자연의 모습을 빚어냅니다. 그러면서 어느 하나 억지로 만들어내는 것은 없습니다. 오랜 세월 풍화작용을 겪은 바위를 보십시오. 누구나 자연이 빚은 멋진 산물에 감탄합니다. 자연은 억지로 바위를 빚지 않습니다. 스스로 그러하게 만든 것입니다. 《노자》에 주석을 단 왕필은 "도가 모든 것을 저절로 그러함에 맡긴다는 것은 모난 데에서는 모난 대로 맡겨두고, 둥근 데에는 둥근 대로 맡겨두는 것이니, 저절로 그러함에 전혀 거스름이 없는 것이다.(法自然者, 在方而法方, 在圓而法圓, 於自然無所違也)"《노자도덕경주老子道德經注 · 제25장》라고 했습니다. 억지로 하지 않음 속에 위대함과 아름다움이 숨어 있는 것입니다. 우리가 알아야 할 가치가 바로 여기에 있습니다.

살다 보면 억지로 무엇을 할 때가 있습니다. 그러나 그 때는 대부분 일이 순조롭게 풀리지 않습니다. 설령 하였다 해도 뭔가 부족하고 빠진 듯한 느낌이 듭니다. 사람들이 붐비는 거리를 지나갑니다. 약속 시간이 다가옵니다. 빨리 가려는 마음에 사람들을 억지로 밀치지만 몇 발짝 가지 못합니다. 오히려 사람들이 가는 흐름에 몸을 맡기는 것만 못합니다. 밀치면 밀칠수록 힘은 들고 마음은 조급해집니다.

바둑을 두다 보면 상대방의 대마를 무리하게 잡으러 가는 경우가 있습니다. 그러나 대부분은 자신의 돌이 거꾸로 잡히고 맙니다. 주변 돌의 위치와 판세를 따라 자연스럽게 잡으러 가야 함에도 대마를 잡고 싶은 욕심을 부립니다. 이 모두가 억지를 부리지 않으면 풀리는 일입니다.

억지를 부리고 인위적으로 하면 어떻게 된다는 것을 잘 보여주는 일화가 있습니다. 《장자 · 응제왕應帝王》에 나오는 이야기입니다. 남해의 제왕은 숙儵이고, 북해의 제왕은 홀忽이며, 중앙의 제왕은 혼돈混沌입니다. 숙과 홀은 늘 혼돈의 영지領地에서 만났는데, 혼돈이 그들을 아주 잘 대해주었습니다. 숙과 홀이 혼돈의 은덕에 어떻게 보답할지를 상의하며 말했습니다. "사람은 누구나 이목구비의 일곱 구멍이 있어 보고 듣고 음식을 먹고 숨을 쉬는데, 혼돈만 유독 그런 구멍이 없으니, 우리가 한번 뚫어 주세나.(人皆有七竅以視聽食息, 此獨無有, 嘗試鑿之)" 그렇게 하여 하루에 한 구멍씩 뚫어나갔는데, 이렛날이 되자 혼돈이 그만 죽고 말았습니다. 이 일화는 좋은 마음에서 한 행동이지만 타고난 본성을 무시한 채 인위적으로 하면 어떻게 되는지를 잘 보여줍니다.

또 이와 유사한 이야기가 《장자 · 지락至樂》에도 나옵니다. 옛날 해조海鳥라는 새가 날아와 노魯나라 교외에 머물렀습니다. 노나라 임금은 이 새를 맞이하여 종묘 안에서 술을 마시게 하고 아름다운 구소九韶의 음악을 들려주며 소 · 돼지 · 양을 갖추어 대접했습니다. 좋아할 줄 알았던 해조는 그만 눈이 아찔해져서 걱정하고 슬퍼하며 한 조각의 고기도 먹지 않고 한 잔의 술도 마시지 않은 채 사흘 만에 죽어버렸습니다. 노나라 임금은 인간이 좋아하는 것을 새에게 억지로 먹고 마시고 듣게 하였습니다. 당연히 새는 적응할 수 없겠지요. 이 일화는 새는 새의 습성대로 자연에서 살게 하면 되는 것이지 억지로 뭔가를 하면 안 된다는 것을 잘 보여줍니다. 노자는 이렇게 말합니다.

> 천하는 신성한 것이므로, '유위有爲'로 다스려서도 아니 되고, 억지로 붙잡아서도 아니 된다.(天下神器, 不可爲也, 不可執也) 《노자 · 제29장》
>
> '유위'로 다스리면 결국 파멸시킬 것이요, 억지로 붙잡으면 결국 잃을 것이다.(爲者敗之, 執者失之) 《노자 · 제64장》

두 문장은 '유위'로 다스려서는 안 됨을 강조하고 있습니다. '억지로 붙잡음'은 순리대로 하지 않고 이에 역행해서 무리하게 일을 추진하는 것을 말합니다. 바로 앞서 '밀치는 것' · '대마를 잡으려는 것' · '숙과 홀의 구멍 뚫기' · '해조를 대접한 것'이 이러한 경우이겠지요.

우리가 살아가는 것도 이와 같지 않을까요. 억지로 뭘 하려 하지 말고 그냥 그대로 두거나 흐름에 맡겨보는 것도 좋습니다. 물을 보십시오. 물은 계곡을 흐르면서 억지로 거슬러 오르거나 먼저 가려고 하지 않습니다. 아래로 내려갈 뿐 어떤 저항도 없습니다. 바위를 만나면 바위를 돌아가고 움푹 파인 곳은 채우고 지나갑니다. 그러면서 목적지인 바다까지 잘도 도착합니다. 그래서 노자는 물이 도의 특성을 가장 잘 보여준다고 생각했습니다.

> 굳세고 강한 것을 쳐서 무너뜨리는 데에 물을 능가할 수 있는 것은 아무것도 없다.(攻堅强者莫之能勝)《노자·제78장》

또《장자·달생達生》에는 이런 이야기가 있습니다. 공자가 여량呂梁이라는 곳을 여행했습니다. 거기에는 삼십 길의 폭포수와 사십 리까지 뻗친 급류急流가 있어서 물고기나 자라도 헤엄칠 수 없었습니다. 그런데 그런 곳에서 한 사나이가 헤엄치고 있는 것을 보고 공자는 무슨 괴로움이 있어 죽으려고 뛰어드는 것이라 생각했습니다. 공자는 얼른 제자를 시켜 물길을 따라가 그를 건져주라고 했습니다. 그런데 몇 백 걸음을 따라가 보니 그 사나이는 물에서 나와 머리를 풀어헤친 채 노래를 부르며 둑 밑에서 유유자적 쉬고 있는 것이었습니다. 공자가 따라가서 물었습니다. "나는 당신을 귀신인가 했는데 잘 살펴보니 당신은 사람이오. 한 마디 묻겠는데 물에서 헤엄치는데 도가 있는 것이오?" 그 사나이는 이렇게 대답했습니다. "없소. 네게 도란 없고 평소에 늘 익히는 것으로 시작하여 본성을 따라 나아지게 하고 천명에 따라 이뤄지게 한 겁니다. 나는 소용돌이와 함께 물속에 들어가고 솟는 물과 더불어 물 위에 나오며 물길을 따라가며 내 힘을 쓰지 않습니다. 이것이 내가 헤엄치는 방법이오.(亡. 吾無道, 吾始乎故, 長乎性, 成乎命. 與齊俱入, 與汨偕出, 從水之道, 而不爲私焉. 此吾所以蹈之也)" 이 사람은 물이 세차다고 억지로 저항하지 않고 오히려 급류에 몸을 맡김으로써 급류에서 헤엄을 칠 수 있었습니다. 이런 상황에서 억지로 물의 흐름에 저항하면 할수록 도리어 몸에 힘이 빠져 죽을 수도 있을 것입니다.

'하지 않음'은 가식적으로 하지 않기입니다. 노자에게 가식이란 속임과 꾸밈입니다. 이 역시 인위적인 것입니다. 노자는 속임과 꾸밈이 나타나면서 사람의 순박한 본성은 사라졌고, 그리하여 세상은 탐욕과 정벌로 점철되어 백성들의 삶이 피폐해졌다고 여겼습니다.

어쩌면 2,500년 전의 세상이 지금 세상과 이렇게 닮았을까요. 지금도 세계 곳곳에서는 각종 시위와 유혈 전쟁이 일어나고 있습니다. 나라는 나라대로 사람은 사람대로 각자의 욕망을 실현하고자 이웃 나라를 침략하고 자신의 주장을 관철시키려고 합니다. 노자는 이렇게 응변합니다.

> 무위자연의 도가 행해지지 않아 인의仁義가 창도唱導되었고, 온갖 지혜가 출현하자 터무니없는 허위虛僞가 생겨났다. 가족 사이에 불화가 있자 효도와 자애가 강조되었고, 나라가 혼란에 빠지자 충신이 나타났다.(大道廢, 有仁義. 智慧出, 有大僞. 六親不和, 有孝子, 國家昏亂, 有忠臣) 《노자 · 제18장》

노자는 이런 일이 일어나게 된 것은 '무위자연의 도'가 행해지지 않았다고 보았습니다. '인의'와 '지혜'는 우리가 숭상하는 가치입니다. 그러나 통치자와 군자는 '인의'와 '지혜'로 예악이나 법령 같은 것을 만들어 백성들의 삶을 제약합니다. 장자는 "세상 사람들을 위해 인의를 제창하여 세속을 바로잡으면, 곧 그 인의까지도 도둑놈들이 다

훔쳐가고(爲之仁義以矯之, 則幷與仁義而竊之)" "나라를 훔친 자는 제후가 되고, 제후의 문하에 오히려 인의가 존재하게 된다.(竊國者爲諸侯, 諸侯之門, 而仁義存焉)"《장자莊子 · 거협胠篋》라고 비판했습니다. 그러니 노자는 사람들에게 '인의'와 '지혜'는 사람들에게 이용되는 도구에 불과할 뿐 근본적으로 사람의 삶을 평안하게 해줄 수 없다고 여겼습니다.

그래서 노자는 우리를 제약하는 '인의'와 '지혜'를 벗어던질 것을 주장하였습니다.

> 총명을 끊고 지혜를 버리면 백성들의 이익이 백배는 많아질 것이요, 인仁을 끊고 의義를 버리면 백성들이 효도와 자애의 천성을 회복할 것이며, 교묘히 남을 속임을 끊고 사사로운 이익을 버리면 도둑이 사라질 것이다.(絶聖棄智, 民利百倍. 絶仁棄義, 民復孝慈. 絶巧棄利, 盜賊無有)《노자 · 제19장》

지혜 · 총명 · 속임 · 이익이 바로 인위적으로 행하는 '유위'라고 할 수 있습니다. 이런 것을 던져버릴 때 노자는 진정으로 마음의 평안을 얻고 사회는 평화로워질 것이라고 했습니다. 비록 이러한 노자의 주장은 현대 사회와는 동떨어져 보일 수는 있지만, 당시 정벌 전쟁이 난무하는 혼란한 시대적 상황에서 위정자와 군주에게 보다 근본적인 변혁과 복고를 추구해 상고 시대의 무위자연의 순박함을 되찾고자 한 노력이었습니다.

훗날 장자가 "샘물이 마르고 난 뒤 고기들이 함께 땅 위에서 곤경에 처해 있으면서 서로 습기를 불어주고, 서로 침을 적셔주기보다는, 차라리 강과 호수에서 서로를 망각한 채 자재自在함이 낫다. 또 요임금의 성명聖明함을 찬미하고 걸왕의 포악함을 비난하기보다는, 차라리 양자의 시시비비를 다 잊고 대도와 하나 되는 것이 낫다.(泉涸, 魚相與處於陸. 相呴以濕, 相濡以沫. 不如相忘於江湖. 與其譽堯而非桀也. 不如兩忘而化其道)"《장자 · 대종사大宗師》라고 한 것도 노자의 이 같은 관점을 잘 설명해주는 것이라 하겠습니다.

속임과 꾸밈의 '유위'는 우리의 삶 속에도 얼마든지 볼 수 있습니다. 어떤 사람은 돈을 빌릴 때 상대방에게 갖은 좋은 말을 합니다. 언제 정확하게 갚고 이자까지 얹어주겠다고 합니다. 그것도 모자라 상대방의 관계를 친밀하게 꾸미고 포장하여 돈을 빌려주지 않으면 안 되게 합니다. 그러나 돈을 갚기로 한 날짜가 되면 아무런 연락이 없습니다. 참으로 돈을 빌려준 사람만 바보가 되는 기분을 당합니다.

TV에서 노래경연대회를 보았습니다. 한 가수가 아무런 기교 없이 힘을 빼고 담담하게 노래를 불렀습니다. 심사위원은 그 가수에게 최고의 평점을 주었습니다. 그 가수가 만일 노래를 부를 때 기교를 사용하고 화려하게 노래를 불렀다면 그와 같은 최고 평점을 받지 못했을 것입니다. 노자는 이렇게 말합니다.

> 진실한 말은 화려하지 않고, 화려한 말은 진실하지 않다. 선한 사람은 그 선함을 교묘히 꾸며 떠벌리지 않고, 그 선함을 교묘히 꾸며 떠벌리는 사람은 선하지 않다.(信言不美, 美言不信. 善者不辯, 辯者不善) 《노자 · 제81장》

그렇습니다. 진실하게 말하는 사람은 꾸미거나 화려하지 않고, 진정으로 선한 사람은 떠벌리지 않습니다. 마찬가지로 진정으로 노래를 잘 부르는 사람은 기교를 부리지 않고 꾸밈이 없이 담담하게 노래합니다. 이것이 노자의 말로 '함이 없음', 즉 '무위'라고 하는 것입니다.

교언영색巧言令色이란 말을 들어보았을 것입니다. 교묘한 말과 은근한 낯빛을 말합니다. 공자孔子는 '교언영색' 하는 사람에게는 어짊[仁]이 드물다고 했습니다. 또 한 번은 제자인 자로子路가 화려한 복장을 하고 공자를 뵈러 왔습니다. 공자가 이를 지적하자 자로는 옷을 갈아입고 다시 왔는데 이때 그의 표정은 아무런 잘못을 하지 않은 듯 태연했습니다. 그러자 공자는 자로를 이렇게 일깨워주었습니다. "중유(자로의 자)야! 기억해두어라. 내 너에게 말해주마. 말을 가지고 뽐내는 자는 화려하지만 내용이 없고, 행위를 오만하게 하는 자는 스스로 자랑하여 겉으로 보기에 매우 총명하고 능력이 있는 것 같지만 대체로 소인小人이다.(由, 志之! 吾告汝: 奮於言者華, 奮於行者伐, 夫色智而有能者, 小人也)"《공자가어 · 삼서三恕》

2,500년 전 같은 시기를 살았던 두 철인의 말이 어쩌면 이처럼 같을 수 있을까요. 비록 주장한 맥락은 다른 점이 있지만, 속임과 꾸밈을 부정한 것은 같습니다.

'하지 않음'은 소박함과 투박함으로 돌아가기입니다.

소박함은 '잘 다듬어지지 않거나 복잡하지 않음'입니다. 투박함은 '생김새가 세련되지 않고 둔함'을 말합니다. 노자는 "도는 영원불변하고, 이름도 없으며, 한없이 질박하다.(道常無名, 樸)"《노자 · 제32장》라고 했습니다. 이곳의 '질박함'은 소박하고 투박함의 또 다른 표현입니다. 이것은 우리 본연의 모습으로 돌아가자는 것입니다. 속임과 꾸밈의 '유위'를 하지 않는 것입니다. 노자가 가장 추구한 삶의 방식입니다.

그러나 노자가 살았던 당시는 중국 역사상 가장 혼란했던 춘추 시대였습니다. 제후국들은 자신들의 주장을 내세워 정벌 전쟁을 일삼았습니다. 그들은 자신들이 내세운 주장이 도리어 진정 화란禍亂이 된다는 것을 모른 채 말입니다.

> 무릇 예禮란 도의 질박함이 희박해진 결과물로, 진정 화란禍亂의 근원이다.(夫禮者, 忠信之薄, 而亂之首)《노자 · 제38장》

이러한 결과로 사람 본연의 소박하고 투박한 모습은

사라지게 되었습니다. 노자는 이런 세태를 지적하고 사람들이 자신의 '도'를 몰라주는 것에 아쉬움을 토로했습니다.

> 뭇사람들은 성대한 잔치를 만끽하듯, 또 봄날 누대에 올라 조망하듯 희희낙락하거늘, 나만 홀로 마냥 담박淡泊하여 세상 명리에 무덤덤하고, 마냥 무지하여 마치 갓난아이가 아직 웃을 줄도 모르는 것과 같으며, 마냥 의기소침하여 마치 돌아갈 집도 없는 것과 같도다.(衆人熙熙, 如享太牢, 如春登臺. 我獨泊兮, 其未兆; 沌沌兮, 如嬰兒之未孩; 儽儽兮, 若無所歸)《노자 · 제20장》

사람들이 살아가는 것은 예나 지금이나 같습니다. 노자가 살았던 시대와 우리의 시대는 별반 다르지 않은 것 같습니다. 전쟁은 하지 않지만 치열한 경쟁과 물질만능주의가 우리의 어깨를 짓누르고 있습니다.

소박하고 투박한 것은 뭔가 부족하고 어설퍼 보입니다. 사람들은 무시하고 외면합니다. 못난이 사과가 있습니다. 모양도 좋지 않고 흠집이 나서 소비자들로부터 외면당합니다. 그러나 누구는 이런 사과가 더 단단하고 식감도 좋고 맛있다고 합니다. 가격이 싼 것은 더 말할 것도 없겠지요.

조선 후기에 등장한 달항아리는 모양과 색이 단순하고 투박합니다. 별 가치가 없어 보이지만, 순백의 아름다움과 투박한 모습에서 느낄 수 있는 여유로움과 풍만함을 선사합니다. 세련되고 아름답게 만들었다면 사람들이 이렇게 평가했을까요.

> 원시의 질박함이 두드러진 도는 널리 흩어져 만물의 덕이 되나니, 성인은 도의 그 순수하고 질박한 본질에 순응함으로써 마침내 천하를 다스리는 군주가 되는 것이다. 그러므로 최상의 통치는 도의 순박한 본질을 훼손하지 않는 것이다.(樸散則爲器, 聖人用之, 則爲官長, 故大制不割) 《노자 · 제28장》

때로는 '하지 않음'의 의미를 살리는 것도 중요합니다. 아무것도 '하지 않은' 채로 나타나는 소박함과 투박함이 가치를 가지는 법입니다. 노자는 당시 사람들이 화려함 · 아름다움 · 세련됨을 쫓고 이로 인해 해를 당하는 세태를 보고 다시 인간 본연의 소박하고 투박한 삶으로 돌아갈 것을 주장한 것입니다. 그래서 노자는 "나라는 작아야 하고, 백성은 적어야 한다. 그렇게 하여 백성들로 하여금 사람의 열 배, 백 배 효율이 있는 기기機器가 있더라도 쓰지 않게 하고……그러면 백성들은 모두 그 음식을 달게 여기고, 그 옷을 아름답게 여기며, 그 거처를 편안히 여기고, 그 풍속을 즐겁게 여길 것이다.(小國寡民, 使民有什伯之器而不用……甘其食, 美其服, 安其居, 樂其俗)"《노자 · 제80장》라고 하여 이상적인 사회의 전형을 제시하였습니다.

사람 중에도 자연에 순응하며 소박하고 투박한 삶을 사는 사람들이 많습니다. 모 방송국의 '자연인'이라는 프로그램을 본 적이 있습니다. 저마다 아픈 사연을 갖고 산에 들어왔습니다. 희한하게도 산에 들어온 후로 몸과 마음이 편안해졌다고 했습니다. 그들의 모습에서는 도회지의 세련되고 화려함을 찾아볼 수 없었습니다. 오히려 그들의 얼굴에서 환한 미소와 소박한 모습을 볼 수 있었습니다. 그들의 생활이 도회지보다 나은 것은 자연에 순응하며 주어진 것에 만족하는 소박한 삶을 살기 때문입니다.

《장자 · 산목山木》에 나오는 남월南越의 '건덕建德의

나라'라고 부르는 마을의 사람들도 무위의 소박한 삶을 영위하고 있습니다. "그곳 사람들은 우매하면서 소박하고, 사심私心이나 욕망이 적고, 경작할 줄 알면서도 저장함을 모르고, 남에게 베풀어 주면서도 그 보답을 바라지 않고, 무엇이 옳은 길에 알맞은지를 모르고, 무엇이 예의대로 하는 것인지를 모른다.(其民愚而朴, 少私而寡欲, 知作而不知藏, 與而不求其報, 不知義之所適, 不知禮之所將)" 그야말로 사람들이 꾸밈이 없고 소박하게 사는 모습을 잘 보여주고 있습니다. 노자가 말한 이상사회의 또 다른 전형을 보는 듯합니다.

도연명(陶淵明, 365~427)의 '도화원기桃花源記'는 무릉도원의 이상향을 그린 것으로 유명합니다. 그곳은 집들이 잘 정돈되어 있고 밭은 기름지고 뽕나무와 대나무가 줄지어 자라고 있습니다. 사람들도 세상과 단절된 채 농사를 지으며 즐겁고 소박한 삶을 영위합니다. 노자는 "먼 옛날 도를 잘 체득한 사람은……인정 많고 꾸밈없이 수수하기는 다듬지 않는 통나무 같다.(古之善爲道者……敦兮其若樸)"《노자 · 제15장》라고 했습니다. 무릉도원의 사람들은 노자가 말한 그러한 삶을 살았습니다. 이것이 노자가 말한 '하지 않음'의 가치입니다. 세련된 것 · 화려한 것 · 꾸미는 것을 하지 않음으로써 얻는 마음의 평화인 것입니다.

> 그러므로 성인은 단지 배부르고 등 따습기를 추구할 뿐, 눈 · 귀 따위를 즐겁게 하는 탐욕과 향락의 삶을 살지 않으며, 또한 그런 까닭에 물질적 · 향락적 욕망을 버리고 본연의 순수함과 질박함을 좇는다.(是以聖人爲腹不爲目, 故去彼取此)《노자 · 제12장》

'하지 않음' 즉 '무위'는 개인만이 아니라 사회나 국가를 다스릴 때도 적용됩니다. 저는 이곳에서 '억지로 하지 않기', '가식적으로 하지 않기', '소박함과 투박함으로 돌아가기' 세 가지를 말했습니다. 사실 이 세 가지는 다름 아닌 몸을 가만히 두고 순리에 맡기는 것입니다. 순리에 맡기므로 '하지 않고' 원하는 바를 이루는 것입니다. 그러므로 '하지 않음'의 작용은 실로 위대합니다. 노자는 "부단히 덕을 쌓으면 능히 해내지 못할 것이 없다. 능히 해내지 못할 것이 없으면, 그 능력의 끝을 알 수가 없고(重積德則無不克; 無不克則莫知其極)"《노자 · 제59장》, "아무것도 하지 않으면 다스려지지 않는 것은 없다.(爲無爲, 則無不治)"《노자 · 제3장》라고 했습니다.

'하지 않음'으로 하는 '무위이치無爲而治'의 이치를 생각해보면 좋겠습니다. 내가 가만히 있음으로써 이루어진 일과 순리에 맡겨 이루어진 일을 한 번 생각해보았으면 좋겠습니다.

3. 쓸모없음[無用]

오늘도 마장지馬場池 주변을 산책하고 돌아왔습니다. 마장지에는 포항에서 가장 오래된 벚나무가 있습니다. 수령이 족히 100년 이상은 되어 보입니다. 이 나무는 참 못생겼습니다. 나무는 밑에서부터 두 갈래로 갈라졌고 겉은 울퉁불퉁하고 거칩니다. 뿌리는 땅을 뚫고 사방으로 뻗어 나와 있습니다. 옆 산의 곧고 둥근 소나무와 사뭇 다릅니다. 그런데 옆 산에는 누군가가 소나무를 옮겨갔는지 곳곳이 파헤쳐져 있습니다. 정원에 심으려고 파간 것이겠지요. 그런데 용케도 이 벚나무는 길가에 있음에도 지금까지 살아남아 우리 동네를 상징하는 나무가 되었습니다. 그것이 소나무처럼 곧게 자라 목재로서 쓸모가 있었다면 일찌감치 베어졌을 일입니다. '못생겨' '쓸모없던' 것이 도리어 자신을 지키게 만든 것입니다. 노자가 말하는 '쓸모없음'의 가치가 여기에 있습니다.

'없음[無]'은 '있음[有]'의 상대되는 말입니다. 노자의 관념 속에서 '없음'은 '도'의 체體, 즉 본체이고, '있음'은 '도'의 '용用', 즉 작용이자 공용功用입니다. 그러니까 '있음'은 전적으로 '없음'에 의존하여 존재하고 작용하며, '없음'을 떠나서는 그 존재 의의를 상실하게 됩니다. 이를 노자는 이렇게 설명합니다.

> 없음[無]은 있음[有]을 낳고, 있음은 음과 양 두 기운을 낳으며, 음양의 기운은 서로 결합해 두 기운이 지극히 조화로운 상태를 이루고, 음양 화합의 지극히 조화로운 상태는 우주 만물을 낳는다. 만물은 음기를 등에 업고, 양기를 품에 안고 있는데, 음양의 두 기운이 서로 부딪치고 격동激動해 마침내 지극히 조화롭고 통일된 화기和氣를 이룬다.(道生一, 一生二, 二生三, 三生萬物. 萬物負陰而抱陽, 沖氣以爲和)《노자 · 제42장》

그러나 현실에서 사람들은 '있음'의 가치와 편리함은 알고 '없음'의 작용에 대해서는 둔감하고 주의하지 않습니다. 노자의 통찰이 위대한 것은 우리의 생각과 관념과 달리 이 '없음'의 가치에 주목한 것입니다. 후대 노자의 사상을 이은 장자도 "사람들은 모두 유용함의 쓸모는 알지만, 무용함의 쓸모는 알지 못한다.(人皆知有用之用, 而莫知無用之用也)"《장자 · 인간세人間世》라고 했습니다.

그릇을 보십시오. 가운데가 움푹 들어가 있고 비어있습니다. 그릇은 비어있어 그릇으로서 역할을 하고 그릇이라고 불리는 것입니다. 때문에 그릇에서 가운데가 비어있는 것은 아주 중요한 것입니다. 그래서 노자는 "흔히 찰흙을 이겨 그릇을 만드는데, 그 가운데에 아무것도 없는 빈 곳이 있어야 비로소 그릇으로서의 기능을 하게 된다.(埏埴以爲器, 當其無, 有器之用)"《노자 · 제11장》라고 했습니다. 쓸모없어 보이는 빈 공간이지만, 그릇이 그릇이 되게 하는 데 없어서는 안 되는 것입니다. 이것이 바로 노자가 말하는 쓸모없음의 쓸모인 것입니다.

'쓸모없음'은 자신을 지키기입니다. 누구나 살면서 쓸모없는 사람이 되길 원치 않습니다. 쓸모없게 되는 것은 잊히고 버려진다고 생각하기 때문이죠. 그래서 사람들은 누구나 맡은 역할에서 쓸모 있는 사람이 되고자 합니다.

회사에서 쓸모 있는 사람이 되려고 열심히 일하는 것처럼 말이죠. 또 세상에 만들어진 물건도 제각기 쓸모가 있습니다. 쓸모가 없는 물건이란 없습니다.

그렇지만 반대로 생각해보면, 쓸모가 있는 사람이 되려고 사람의 몸과 정신은 끊임없이 소모되고 닳아갑니다. 물건도 제 역할을 다하면 폐기됩니다. 앞의 소나무도 곧고 둥글어 목재로서의 쓸모가 있어 베어진 것입니다. 기름 등불은 어둠을 밝히니 불탐[燃]을 자초하고 옻나무는 옻칠하는 데 쓸 수 있어 잘려나갑니다. 반면 우리 동네 벚나무는 목재로서 가치가 없었기에 살아남아 지금까지 시민들에게 아름다움을 선사합니다. 무엇보다 벚나무는 '쓸모없음'으로 인해 소나무와 달리 자신을 지켰습니다.

《장자 · 인간세人間世》에 나오는 지리소支離疏라는 사람은 기형적인 몸을 가지고 있습니다. 턱이 배꼽 아래에 가려있고 어깨는 정수리보다 높았습니다. 오장의 혈관은 위로 향했고 양쪽 넓적다리는 옆구리에까지 닿았습니다. 이 사람은 옷을 바느질하고 씻어주는 일과 키질하고 쌀을 불리는 일로 열 식구의 생계를 책임졌습니다. 나라에서 병사들을 징집했을 때는 신체적인 이유로 징집되지 않았고, 고질병이 있다는 이유로 노역도 하지 않았습니다. 오히려 나라에서 병든 사람에게 나눠주는 쌀과 땔나무를 받았습니다. 지리소의 기형적인 몸은 사람으로서의 쓸모는 없었지만, 그는 이것으로 인해 천수를 누리게 되었습니다.

남백자기南伯子綦가 상구商丘에 놀러 갔다가 아주 특이하게 생긴 큰 나무를 보고 이렇게 말했습니다. "송나라의 형씨荊氏라는 곳은 호두나무 · 잣나무 · 뽕나무가 자라기에 적합하다. 굵기가 한 아름 내지 한 움큼 이상인 것은 원숭이를 묶는 말뚝을 하는 자가 베어가고, 굵기가 서너 아름이 되는 것은 큰 들보가 필요한 자가 베어가고, 굵기가 일곱 여덟 아름이 되는 것은 귀족이나 부유한 상인의 집안에서 관을 만들 제목을 찾는 자들이 베어간다. 그래서 천수를 다하지 못하고 중도에 도끼에 의해 요절한다. 이것은 재목이 되어 입는 재앙이다. 그래서 액을 쫓고 복을 비는 제사에서는 이마에 흰털이 난 소 · 코가 위로 올라간 돼지 · 치질에 걸린 사람을 강의 신에게 제물로 바치지 않는다. 점을 치는 사람들은 이를 불길하다고 여기나 이것은 도를 터득한 사람들이 가장 길하게 여기는 것이다.(宋有荊氏者, 宜楸柏桑. 其拱把而上者, 求狙猴之杙者斬之; 三圍四圍, 求高名之麗者斬之; 七圍八圍, 貴人富商之家求樿傍者斬之. 故未終其天年, 而中道之夭於斧斤, 此材之患也. 故解之以牛之白顙者與豚之亢鼻者, 與人有痔病者不可以適河. 此皆巫祝以知之矣, 所以爲不祥也. 此乃神人之所以爲大祥也)" 《장자 · 인간세》

이 일화 역시 '쓸모 있음'으로 인해 천수를 다하지 못하고 사람들에게 쓸모가 없다고 외면당하는 것이 오히려 천수를 다하고 자신을 지키는 역설을 잘 보여줍니다. 그렇기에 우리는 살아가면서 무조건 '쓸모 있음'만 추구할 것이 아닙니다.

자신을 지킨다는 것은 생명을 구하는 것입니다. 뉴스를 통해 우리는 치열한 경쟁에서 '쓸모 있음'을 추구하려다 목숨을 잃거나 갖은 스트레스를 받는 사람들을 봅니다. 밤늦게까지 야근하다가 과로로 세상을 떠난 사람, 무리하게 사업을 확장하다 결국 파산한 사람, 학업 스트레스를 이기지 못하고 목숨을 끊는 학생 등을 봅니다. 모두가 경쟁 사회가 우리에게 주는 그늘이겠지요. 이럴 때일수록 '쓸모없음'의 미덕에 주의해야 합니다. '쓸모없음'은 뒤처진다는 것이 아닙니다. '쓸모없음'은 한 박자 쉬고 가는 것입니다. 잠시 '쓸모' 없다고 생각하면 됩니다. 그 가운데 몸과 정신은 쉼을 얻을 것입니다.

자신을 지킨다는 것은 자신을 가꾸는 것이기도 합니다. 사람은 일정한 연령이 되면 은퇴합니다. 은퇴한 것은 쓸모가 없어진 것이 아닙니다. 물론 회사나 학교에서 물러나 더 이상 하던 일에 종사하지 않지만 이를 그동안 해보지 않은 것, 즉 자신이 해보고 싶었던 일을 하는 계기로 삼을 수도 있습니다. 이럴 때 사람은 또 다시 새로운 삶을 얻을 수 있습니다.

미국 시카고대 심리학 교수 버니스 뉴가튼(Bemice Neugarten)은 '젊은 노인(Yong Old)'이라는 새로운 중장년의 개념을 정립했습니다. 그의 말에 의하면 젊은 노인은 젊은 시절 비축된 재원과 빠른 정보 수집 능력을 바탕으로 누구의 도움도 없이 활동적인 삶을 추구하고 외모관리에도 무척 신경을 쓴다고 합니다. 우리 주위에도 은퇴 후에 제2의 전성기를 달리는 이런 분들을 볼 수 있습니다.

2024년 3월 3일 100번째 생일을 맞은 무라야마 도미이치村山富市 전 일본 총리는 장수 비결에 대해 "무리하지 않고 자연체自然體로 사는 것"(《조선일보》 2024년 3월 5일 자)이라고 했습니다. '자연체'란 검도 등에서 양발을 적당히 벌리고 자연스럽고 부담 없는 자세를 취하는 것을 말하는데, 욕심 없이 마음이 편한 대로 사는 게 장수의 비결이란 의미입니다. 욕심을 버리고 마음을 편히 먹고 지내는 것도 노년에는 중요한 자기 가꾸기의 일종입니다.

우리가 경계해야 할 것은 쓸모없어졌다고 자책하거나 포기하는 것입니다. 우리나라 사람들은 유난히 비관적인 경향이 강합니다. 시험을 잘 치지 못해도 승진하지 못해도 그렇습니다. 은퇴하고 물러나도 평안한 삶을 영위하지 못하고 과거의 잘 나간 때를 그리워하는 경향이 있습니다. 그것은 스스로를 불행의 구덩이로 밀어 넣는 것이자 자신을 가꾸지 않는 것입니다.

인터넷에서 '의외로 많은 사람이 모르는 삶의 진실'이라는 짧은 글을 본 적이 있습니다. '지방대학 가거나 대학 안 가도 인생 안 망함, 돈 없는데 결혼해도 인생 안 망함. 나이 많은데 뭔가 시작해도 인생 안 망함. 대신 인터넷에서 남들 사는 거랑 비교하기 시작하면, 내 정신은 반드시 망함.' 저는 여기에 '은퇴해도 안 망함. 시험에 합격하지 못해도 안 망함'을 더 넣고 싶습니다. 쓸모없음으로 인해 자신을 가꾼다면 삶은 더욱 가치가 있고 윤택해질 것입니다.

'쓸모없음'은 새로운 가치를 발견하기입니다. 그 '쓸모없음'으로 인해 다른 '쓸모가 있음'의 가치를 발견하고 다른 기회를 만들 수 있기 때문입니다.

《장자·소요유逍遙遊》에 나오는 흥미로운 일화를 소개하겠습니다. 혜자惠子가 장자에게 이런 말을 합니다. "위魏나라 임금께서 나에게 큰 박씨를 주셨네. 내가 이걸 심고 길러 다섯 섬이 되는 열매를 얻었네. (이것으로) 물을 담으려고 했네만 물의 무게를 이길 만큼 단단하지 않았네. 그래서 이걸 쪼개 바가지로 만들었지. 그런데 바가지가 너무 커서 이것에 넣을 물건이 없지 않겠는가. 이것이 크기만 컸지 쓸모가 없다고 여겨 부숴버렸네." 그러자 장자가 혜자에게 이렇게 말했습니다. "자네는 정말이지 큰 물건을 사용할 줄 모르구먼. 송나라 사람 중에 (겨울에) 손이 트지 않게 하는 약을 잘 만드는 사람이 있었지. 이 사람의 집안은 대대로 솜을 씻는 일을 했지. 길을 가던 사람이 듣고 황금 100일鎰[4]로 그 제조법을 사려 했네. 전 가족이 모여 의논했지. '우리 집안은 대대로 솜을 씻는 일을 했다. 하지만 겨우 황금 몇 일만 받을 뿐이었다. 지금 하루아침에 손이 트지 않는 약을 만드는 기술을 팔면 100일의 황금을 받을 수 있으니, 넘기도록 하자.' 길을 가던 사람은 이 기술을 넘겨받아 오나라 임금을 설득했네. 이때 월나라가 오나라를 침공했지. 오나라 임금은 이 사람을 장수로 삼아 겨울에 월나라와 수전을 벌였네. 그 결과 월나라는 대패했네."

손을 트지 않게 하는 약은 사소한 것이고 쓸모가 없는 것처럼 보여도 누군가에게는 전쟁에서 승리를 가져다 줄 수 있는 약이 될 수도 있습니다. 이 일화는 '쓸모없음'의 가치를 새로이 발견하고 새로운 기회를 만든 것이라고 할 수 있습니다.

혜자가 장자에게 또 이렇게 말했습니다. "나에게는 사람들이 가죽나무라고 부르는 큰 나무가 있네. 혹이 얽혀

4) 일鎰은 무게 단위로 24냥兩에 해당한다. 100일은 2400냥이다.

있는 줄기는 먹줄로 잴 수 없고, 굽은 작은 가지들은 그림쇠와 곱자에 맞지 않네. 길가에서 자라는데도 거들떠보는 장인이 없지. 지금 자네의 말은 훌륭하나 쓸 곳이 없네. 그러니 사람들에게 외면당하는 것일세." 그러자 장자가 이렇게 대답했습니다. "지금 자네는 큰 나무를 갖고도 쓸 곳이 없음을 걱정하네. 어찌 아무것도 없는 곳이나 넓고 끝없는 들판에 (이 나무를) 심어놓고 그 옆에서 자연에 몸을 맡긴 채 거닐어보고, 그 아래에서 누워 잠을 자며 즐겨보지 않는가? 그러면 (그 나무는) 도끼에 베여 일찍 죽을 일도 없고, 사물에 의해 해를 입는 일도 없을 것일세. 쓸 곳이 없는데, 어찌 괴로운 일을 당하겠는가."《장자 · 소요유》

완전히 쓸모가 없다고 생각한 나무가 오히려 내 삶을 평화롭게 해주는 '쓸모 있음'을 가지고 있음을 보여줍니다. 쓸모가 없다고 생각한 큰 나무를 '쓸모 있음'으로 활용하는 장자의 지혜가 놀랍습니다.

우리가 생각하고 간주하는 '쓸모없음'도 우리가 어떻게 생각하느냐에 따라 얼마든지 '쓸모 있음'으로 바꿀 수 있습니다.

그러므로 성인은 항상 사람들을 잘 교화해 그 재능을 다하게 하므로 버려지는 사람이 없고, 항상 물건을 잘 다루어 그 쓰임을 다하게 하므로 버려지는 물건이 없다.(是以聖人常善救人, 故無棄人; 常善救物, 故無棄物)《노자 · 제27장》

만일 정말로 쓸모가 없게 된다면 그것은 사멸하는 것이나 마찬가지입니다. 노자에 의하면 '쓸모없음'은 '진정한 쓸모 있음'입니다. '쓸모없음'도 그 쓰임이 있기에 진정으로 쓸모가 없게 되는 것은 아닙니다. 오히려 그로 인해 새로운 가치를 얻게 되는 것입니다. 여기에 '쓸모 있음'의 의의가 있는 것입니다.

'쓸모없음'으로 발견한 가치는 쓰임새에 따라 크게 쓰일 수도 있고 작게 쓰일 수도 있습니다. 이것은 앞서 말한 비움으로써 얻는 이치와 비슷합니다. 제 방에는 길이가 33cm, 높이가 25cm 정도 되는 작은 목재 책꽂이가 있습니다. 평소 별 용도가 없어 방 한쪽에 그냥 내버려 두었습니다. 하루는 이 책꽂이를 책상 위에 반대로 엎어두니 아래와 위가 나누어지면서 두 개의 작은 공간이 생겼습니다. 제 책상의 잡다한 물건을 두기가 편리해졌습니다. 사소한 예이지만 쓸모없음이 쓸모 있음으로 다시 탄생하는 순간이었습니다. 그 책꽂이를 필요가 없다고 계속 방치를 했으면 아마도 버려졌겠지요.

'킨츠기(Kintsugi)'는 일본의 도자기 수선 방식입니다. 깨진 도자기 조각을 밀가루 풀이나 옻칠로 이어 붙이고 깨진 선을 따라 금가루나 은가루로 장식해 아름답게 수리합니다. 이 공예는 깨진 도자기를 버리지 않고 새로운 아름다움으로 승화시킵니다. 즉 쓸모없는 것을 쓸모 있게 만드는 것이죠. 킨츠키 워크숍에 참가한 김정애 전 '영향력' 발행인은 이렇게 말합니다. "그동안 버렸던 깨진 식기가 생각날 만큼 새로운 모습으로 탈바꿈한 식기는 생각보다 근사했다. 금간 자국을 그대로 드러낸 채 다시 쓰임을 얻은 식기는 아픔의 흔적도 생의 일부임을 받아들이는 몸처럼 느껴지기까지 했다……입고 먹고 마시고, 사용하는 모든 것들을 주어진 용도로만 쓰는 것이 아니라 쓰임을 다했을 때 다른 쓸모를 생각해보는 습관이 생겼다."(《영남일보》 2023년 11월 21일자 22면)

남들 눈에는 쓰레기로 보여도 어떤 이들의 눈에는 보물이 되는 경우도 있습니다. '터치포굿'이란 사회적 기업에서는 버려지는 폐현수막을 모아 가방을 만듭니다. '노리단'이란 또 다른 사회적 기업은 고철로 악기를 만들어 연주합니다. 이들은 남들이 미처 찾아내지 못한 '쓸모 있음'을 찾아냈습니다. 그렇습니다. 우리 주변의 모든 쓸모없는 것은 모두 제각기 쓰임이 있고 그것을 어떻게 대하느냐에 따라 큰 가치가 생겨나는 것입니다.

> **스스로를 가득 채우려고 하지 않기 때문에 낡은 것 가운데서 새로운 것을 이룰 수 있는 것이다.**(夫唯不盈, 故能蔽而新成) 《노자 · 제15장》

사람은 어떨까요. 나는 전혀 쓸모없는 사람이야 라고 생각하는 사람이 있습니다. 과연 그럴까요. 자신의 한쪽 면만 보기 때문입니다. 한쪽 면만 보면 매몰되어 다른 가치를 보지 못합니다. 쓸모없음의 이치를 생각한다면 분명 다른 방면에 재주를 발견할 수 있습니다.

어느 중학생 남자아이가 있었습니다. 학교 공부에 흥미를 느끼지 못하고 방황했습니다. 자신은 이제 쓸모없는 사람이 될 것이라고 생각했습니다. 그런데 어느 날 취미로 중국어를 배우기 시작했습니다. 이상하게도 한자의 유려함에 마음이 이끌렸습니다. 한자의 모양이 귀엽게 보이고 중국어의 발음이 아름답게 들렸던 것입니다. 중국어 학습에 매진한 결과 이제는 중국 유학을 바라보고 있습니다.

애플의 창업자 스티브 잡스(Steve Job, 1955~2011)는 미혼모 대학원생의 아이로 태어나 한 평범한 가정에 입양되었습니다. 그는 리즈 대학에 입학한 지 6개월 만에 학교 공부에 흥미를 느끼지 못하고 자퇴했습니다. 2005년 그는 스탠퍼드대학교 졸업식 연설문에서 이 결정이 자신의 인생에서 최고의 결정이었다고 회고했습니다. 그는 당시 학교에서 접한 다양한 서체에서 영감을 받아 매킨토시 컴퓨터의 디자인에 반영하여 큰 성공을 거둘 수 있었습니다. 스티브 잡스는 정규 교육과정에서는 두각을 나타내지 못했지만, 진정으로 자신이 좋아하는 일을 찾아 새로운 가치를 만들어냈습니다.

이뿐만은 아닐 것입니다. 우리 주변에는 자신이 쓸모없다고 생각한 것에서 쓸모 있음의 가치를 발견한 예는 얼마든지 있을 것입니다.

'쓸모없음'은 '쓸모 있음'을 기억하기입니다. '쓸모없음'은 결코 사멸하는 것이 아닙니다. 앞서 '쓸모없음'은 '자신을 가꾸는' 것이자 '새로운 가치를 발견하는' 것이라고 하였습니다. 사실 이 두 가지는 '쓸모없음'으로 인해서 새로운 '쓸모 있음'을 획득하는 것입니다. 그러니 '쓸모없음'은 '쓸모 있음'을 낳고 '쓸모없음'은 또 '쓸모 있음'을 낳습니다. 마치 노자가 "순환 반복이 도의 운행이다.(反者道之動)" 《노자 · 제40장》라고 말했듯이 말입니다. 이것이 우리가 '쓸모 있음', 즉 '유용'의 가치에도 주의해야 하는 이유입니다.

'쓸모없음'은 우리가 추구해야 할 가치이지만, 그것으로 인하여 해를 당할 수 있습니다. 《장자 · 산목山木》에는 이와 관련하여 흥미로운 일화가 있습니다. 장자가 산속을 가다가 가지가 무성한 큰 나무를 보았습니다. 마침 그 곁에 있던 나무꾼은 이 큰 나무를 베려고 하지 않았습니다. 장자가 물어보자 나무꾼은 "쓸모가 없습니다."라고 대답했습니다. 장자가 산을 나와 친구를 찾아갔습니다. 친구는 장자를 반기며 아이에게 거위를 잡아 대접하라고 했습니다. 아이가 "한 마리는 잘 울고 한 마리는 울지 못합니다. 어느 쪽을 잡을까요?"라고 묻자, 주인은 "울지 못하는 쪽을 잡아라."라고 했습니다. 결국 큰 나무나 울지 못하는 오리는 둘 다 쓸모가 없음에도 하나는 살고 하나는 죽었습니다.

이 일화는 '쓸모없음'도 절대적인 것은 아니라는 것입니다. '쓸모없음'도 상황에 따라 해를 입을 수 있음을 보여줍니다. 잘 울었던 오리는 '쓸모 있음'으로 인해 살아났습니다. 이는 '쓸모 있음'도 상황에 따라 가치가 있음을 보여줍니다. 물론 장자는 이 일화에 대해서 '쓸모없음'과 '쓸모 있음'의 경지를 모두 초월하여 자연의 도를 따라 세속 밖에 유유히 노닐고 싶다고 말합니다.

그러나 현대 사회에서 장자처럼 절대적인 자유를 추구하기란 쉽지 않습니다. 우리에게 '쓸모없음'과 '쓸모 있음'은 모두 나를 살리는 것입니다. '쓸모없음'은 내면의 나를 살리는 것이고 '쓸모 있음'은 외면의 나를 살리는 것입니다. 철인 장자는 '쓸모없음'과 '쓸모 있음'을 모두 떠날 것을 주장하였지만, 우리는 이 둘을 함께 생각했으면 좋겠습니다. 그러면 진정으로 우리는 평안한 삶을 살 수 있을 것이라 믿습니다.

4. 부드럽고 약함[柔弱]

오늘 아침 지인으로부터 카톡 사진을 하나 받았습니다. 학교 뒷산에서 막 꽃망울을 터뜨린 할미꽃이었습니다. 자주색 물감을 풀어놓은 듯 너무나 선명하고 아름다웠습니다. 꽃술 가운데에서 여린 잎들이 양쪽으로 벌어져 있었습니다. 생명의 기운은 겉잎을 뚫고 그렇게 올라왔나 봅니다. 그 여린 잎들은 어떻게 딱딱한 겉잎을 뚫고 올라올 수 있었던 걸까요? 부드럽고 약함[柔弱]이 단단하고 강함[堅强]을 이긴다는 노자의 말에 참으로 공감이 갑니다. 대자연의 이치는 우리에게 늘 놀라움을 선사합니다.

'부드러움'을 뜻하는 '유柔'자는 '나무 목木'에 '창 모矛'자가 합쳐진 글자입니다. 이 글자는 나무에서 올라오는 새순을 뜻하기 위해 만든 글자입니다. 새순은 세상의 어느 무엇보다 부드럽기에 이 글자의 의미가 되었습니다.

노자는 이렇게 말합니다.

> **천하에서 가장 부드럽고 약한 것이 천하에서 가장 단단하고 강한 것을 지배한다.**(天下之至柔, 馳騁天下之至堅)
> 《노자 · 제43장》

언뜻 보기에 이해할 수 없는 말 같습니다. 그러나 부드럽고 약한 것이 단단하고 강한 것을 지배하는 예는 우리 주변에서 얼마든지 있습니다.

저 풀을 보십시오. 태풍이 불면 가로수가 뽑히고 큰 돌이 구르기도 합니다. 그러나 부드럽고 약한 풀은 거센 바람을 타며 좌우로 심하게 흔들릴 뿐 나가떨어지지 않습니다. 그 특유의 부드러움으로 모든 세참과 강력함을 이겨냅니다. 그것은 가로수나 돌보다 부드럽고 약함에도 자신을 지켜냅니다.

길을 가다가 갓난아이를 보았습니다. 너무 귀여운 모습에 근심 걱정이 온데간데없이 사라집니다. 이른바 '무장해제'를 당한 느낌입니다. 갓난아이의 천진난만한 모습에 건장한 어른들은 즐거워하고 축복해줍니다. 부드럽고 약한 갓난아이는 이렇게 자신보다 몇 배나 큰 어른들을 이깁니다.

《내가 정말 알아야 할 모든 것은 유치원에서 배웠다》라는 책을 보면 마더 테레사 수녀 이야기가 나옵니다. 세상의 무기 · 부 · 권세 같은 강한 것들은 결코 마더 테레사 수녀의 부드러운 마음과 자비와 헌신의 정신을 이길 수 없다고 하였습니다.

《유대인 수업》이란 책에는 세상에는 약하면서도 강한 자를 두렵게 만드는 것이 네 가지 있다고 했습니다. 사자는 모기를 두려워하고, 코끼리는 거머리를 두려워하고, 전갈은 파리를 두려워하고, 매는 거미를 두려워한다고 하였습니다. 그러면서 "아무리 강한 크고 힘이 센 것일지라도 어떤 것이 반드시 최강이라고 말할 수 없다. 아주 약한 것이라도 어떤 조건이 있다면 강한 것을 이겨낼 수 있다."(《유대인 수업 · 강자》 125쪽)라고 했습니다.

그렇다면 부드러움과 단단함, 약함과 강함 중에 과연 무엇이 진정으로 강한 것일까요. 부드럽고 약함은 무엇이고, 거기에는 도대체 어떤 위대한 역량이 숨어 있는 것일까요.

부드럽고 약함은 물의 속성을 알기입니다. 앞서 부드럽고 약한 것으로 풀을 들었지만, 사실 부드럽고 약함의 극치는 물水이라고 할 수 있습니다. 물은 손에 잡히지도 않고 형체도 없습니다. 사람들은 물을 다루기 쉽다고 생각합니다. 마음대로 따를 수 있고 바닥에 부을 수도 있으니까요.

그러나 이 유약한 물은 그 유약함의 극치로 인하여 무한한 힘을 갖고 있습니다. 낙숫물은 댓돌을 뚫고 홍수는 철도와 교량까지도 한순간에 집어삼킵니다. 예전에 한 유튜브 방송에서 물을 고압으로 분사하여 돌과 쇳덩이 같은 단단한 물질을 자르는 것을 본 적이 있습니다. 또 동굴의 천정에서 한 방울 한 방울 떨어지는 물은 바닥의 단단한 돌을 뚫어 웅덩이를 만듭니다. 노자가 "세상에 물보다 부드럽고 약한 것은 없다. 하지만 굳세고 강한 것을 쳐서 무너뜨리는 데에 물을 능가할 수 있는 것은 아무것도 없다.(天下莫柔弱於水, 而攻堅强者莫之能勝)"《노자 · 제78장》라고 한 말에 실감이 납니다.

노자만 물의 속성을 설파한 것은 아닙니다. 공자도 한때 물의 속성에 주의한 적이 있습니다. 공자가 동쪽으로 흘러가는 물을 가만히 보고 있었습니다. 제자 자공子貢이 "군자君子께서 큰물만 보시면 반드시 자세히 바라보는 것은 무슨 까닭입니까?"라고 물었습니다. 공자는 이렇게 대답했습니다. "쉬지 않고 흘러가며 그의 은혜를 두루 천하의 각종 생물에게 베풀면서도 오히려 아무런 작위가 없는 것처럼 하기 때문이다. 무릇 물이란 마치 덕성德性을 지닌 것 같은데, 물이 흐를 때는 낮은 곳으로 흘러가면서도 굽은 각도에 맞추어 반드시 그 이치를 따르니 이러한 품성은 '의義'와 같고, 그 성대함이 다할 때가 없으니 이러한 품성은 '도道'와 같으며, 여러 곳을 흘러가며 가령 백 길이나 되는 골짜기를 돌아 흘러가면서도 두려워하지 않으니 이러한 품성은 '용勇'과 같고, 일정한 수량을 주입하면서도 자신의 본성은 평균을 이루니 이러한 품성은 '법法'과 같으며, 아무리 가득 차더라도 평평하게 해주기를 요구하지 않으니 이러한 품성은 '정正'과 같고, 본성이 유약하지만, 오히려 아무리 작은 곳이라도 모두 도달할 수 있으니 이러한 품성은 '찰察'과 같으며, 발원한 이후 반드시 동쪽으로만 흘러가니 이러한 품성은 '지志'와 같은 것이다. 나아가기도 하고 들어가기도 하여 만물이 그가 나아가는 바에 따라 깨끗하게 되니 이러한 품성은 교화教化를 잘하는 것과 같다. 물의 덕성이 이와 같기 때문에 군자가 물을 보면 반드시 자세히 관찰하는 것이다.(孔子觀於東流之水. 子貢問曰: "君子所見大水必觀焉, 何也?" 孔子曰: "以其不息, 且遍與諸生而不爲也. 夫水似乎德: 其流也, 則卑下, 倨拘必修其理似義, 此似義; 浩浩乎無屈盡之期, 此似道; 流行赴百仞之溪而不懼, 此似勇; 至量必平之, 此似法; 盛而不求概. 此似正; 綽約微達, 此似察; 發源必東, 此似志; 以出以入, 萬物就以化絜, 此似善化也. 水之德有若此, 是故君子見必觀焉") 《공자가어 · 삼서三恕》 공자는 물의 속성을 여러 가지 품성에 비유하여 생동적으로 설명했습니다. 노자는 "최상의 덕성을 갖춘 사람은 물과 같다.(上善若水)" 《노자 · 제8장》라고 했는데 공자의 말과 참으로 일맥상통하는 말입니다.

이렇게 부드럽고 약하지만, 엄청난 위력을 품은 물은 누구와도 다투지 않고 위에서 아래로 동쪽에서 서쪽으로 말없이 흐르고 기꺼이 모두가 싫어하는 아래에 거처합니다. 노자는 그것이 기꺼이 아래에 거하기에 도의 속성에 가깝다고 여겼고 사람들에게 물의 속성을 본받을 것을 강조했습니다.

부드럽고 약함은 갓난아이의 속성을 알기입니다. 갓난아이의 몸은 새순처럼 부드럽고 연약합니다. 피부를 살짝 눌러보면 말랑말랑한 것이 참으로 부드럽습니다. 그 몸은 유연하여 물에 수월하게 뜨고 머리로는 빠르게 언어를 받아들입니다. 그 해맑은 모습은 천진난만하여 세상에 어느 것도 비할 바 없습니다.

남영주南榮趎라는 사람이 노자에게 양생養生의 도道를 물었습니다. 노자는 어린아이를 예로 들며 이렇게 설명했습니다. "어린애는 종일 울어도 그 목이 쉬지 않소. 화합이 지극하기 때문이오. 종일 손아귀를 쥐고 있어도 그 손의 힘줄이 당기지 않소. 그 덕과 함께 있기 때문이오. 종일 보고 있어도 눈을 깜빡이지 않는 것은 외계에 사로잡힌 마음이 없기 때문이오. 가도 어디로 가는지를 모르고 머물러 있어도 무엇을 하겠다는 생각이 없소. 모든 것을 있는 그대로에 순응하여 물결치는 대로 따라가오.(兒子終日嘷而嗌不嗄, 和之至也. 終日握而手不掜, 共其德也. 終日視而目不瞚, 偏不在外也. 行不知所之, 居不知所爲. 與物委蛇, 而同其波)"《장자 · 경상초庚桑楚》 어린아이는 부드럽고 약함에 순응하기에 어른과 다르게 그토록 충만한 삶을 산다는 것입니다.

노자는 또 어린아이를 순수한 덕을 갖춘 사람이라고 말하며 우리에게 이를 본받을 것을 주장합니다.

> 순후한 덕을 갖춘 사람은 갓난아이에 비유된다. 갓난아이는 독충도 쏘지 않고 맹수도 덮치지 않으며 맹금도 들이치지 않는다. 또 뼈대는 약하고 근육은 부드럽지만, 주먹은 단단히도 쥐며, 아직 남녀 교합交合의 일을 알지 못하지만, 작은 생식기가 절로 발기하나니, 그것은 정기精氣가 충만해 있기 때문이다.(含德之厚, 比於赤子. 毒蟲不螫, 猛獸不據, 攫鳥不搏. 骨弱筋柔而握固, 未知牝牡之合而朘作, 精之至也) 《노자 · 제55장》

갓난아이의 부드럽고 약함 속에 우리가 마음의 평안을 얻을 수 있는 비결이 숨어 있습니다. 춘추 시대라는 난세를 산 노자의 통찰입니다.

빠르게 돌아가는 현대 사회에서 갓난아이의 마음을 가지기란 쉽지 않습니다. 피카소가 라파엘로처럼 그리는 데는 4년이 걸렸지만, 아이처럼 그리는 데는 평생이 걸렸다고 말할 정도였으니까요. 어쩌면 우리가 갓난아이처럼

'순후한 덕'을 갖추기란 불가능할지도 모릅니다. 그럼에도 노자는 난세에 사람들이 갓난아이와 같은 부드럽고 유약함에서 오는 소박함과 천진난만함을 가져야 한다고 주장했습니다. 이것은 노자가 당시 사회를 향한 울림이자 지금 우리에게 주는 가르침입니다.

얼마 전 에버랜드에 있었던 자이언트 판다 푸바오福寶는 사람들의 큰 사랑을 받았습니다. 사람들은 푸바오를 보면서 마음의 위안을 얻는다고 합니다. 푸바오를 보면 천진난만하고 아무런 근심이 없습니다. 주면 주는 대로 먹고 자신의 습성대로 살아갑니다. 그야말로 갓난아이의 모습입니다. 그 때문에 푸바오는 자신만의 삶을 행복하게 영위합니다.

푸바오를 보는 사람들은 과연 그런가요. 세상 사람들의 삶은 푸바오와 완전히 다릅니다. 노자가 살았던 춘추 시대만큼이나 살벌합니다. 사람들은 갖은 스트레스와 치열한 경쟁 속에서 살아갑니다. 사람들은 갓난아이나 푸바오와 같은 천진난만한 모습을 되찾을 길이 없습니다. 그렇기에 푸바오의 천진난만한 모습에서 사람들은 위안을 받는 것입니다. 이것은 노자가 그토록 사람들에게 갓난아이의 마음을 가질 것을 주장한 것과 일맥상통하는 것입니다. 그렇기에 부드럽고 약함은 갓난아이의 속성을 아는 것입니다.

> 정기를 모으고 또 한껏 부드럽고 순해져 능히 갓난아이와 같을 수 있는가?(專氣致柔, 能如嬰兒乎?) 《노자 · 제10장》

부드럽고 약함은 유연해지기입니다. 앞서 언급한 물과 갓난아이는 모두 부드럽고 약함의 극치를 보여줍니다. 그 특유의 유연함으로 강하고 단단한 것을 물리칩니다. 우리가 살아가면서 너무 강하게만 나아간다면 부러지고 막히고 고립될 것입니다. 여기서 강하게 나아간다는 것은 지나치게 극단적이거나 한쪽만 강조하는 것을 말합니다. 공자도 "세상만사를 양극단兩極端에 집착하면 좋을 게 없다.(攻乎異端, 斯害也已)" 《논어論語 · 위정爲政》라고 했습니다.

한 사람에게 자신의 생각을 끝까지 강요한다면 상대는 그 사람을 회피할 것입니다. 한발 물러서거나 상대방의 생각도 진지하게 들어주는 것이 필요합니다. 공을 너무 세게 던지면 원하는 위치로 들어가지 않았습니다. 힘을 빼고 유연하게 던져야 팔에 무리가 가지 않고 정확한 위치에 공을 던질 수 있습니다. 야구 감독들이 늘 "힘을 빼고 던져라"라고 하는 것도 이 때문입니다.

중국 상하이 출신의 프랑스 파리 국립음악원 교수이자 세계적인 피아니스트 주샤오메이朱曉玫는 학생 시절 피아노를 배우면서 스승 판이밍潘一鳴에게서 부드럽고 약함에 관해 큰 가르침을 받았습니다. "건반을 쓰다듬어야지 절대로 두드리지 마라. 건반이란 생각처럼 그렇게 딱딱한 것이 아니다. 건반과 씨름할 필요가 없다. 건반은 사실 부드럽고 유연한 것이다. 그런 부드러움과 유연한 느낌을 손가락 끝으로 느낄 수 있도록 애써야 한다. 건반에다 에너지를 전달만 할 것이 아니라 건반에게서 나 쪽으로 에너지를 당기도록 해봐라. 빵 반죽을 한참 주무른다고 상상해 봐. 엄마가 반죽을 어떻게 만드는지 한번 지켜보아라."(《마오와 나의 피아노》 50쪽) 그녀는 피아노 학습에 새로운 깨달음을 얻고 이를 평생의 가르침으로 삼았다고 합니다. 이것이야말로 진정으로 유연하게 대처하는 것이라고 할 수 있습니다. 노자는 이렇게 말했습니다.

> 실로 부드러움을 굳게 지킬 수 있음이야말로 진정 강함이다.(守柔曰强) 《노자 · 제52장》

사고가 유연하다는 말이 있습니다. 생각이 틀에 박히지 않고 두루두루 잘 통한다는 말입니다. 경직된 사고는 생각의 가지가 뻗어 나가지 못합니다. 반면 유연한 사고는 상황에 맞게 다양한 아이디어와 영감을 불러일으킵니다. "입장 바꾸어서 생각해보라."라는 말이 있습니다. 나의 입장에서 보면 보이지 않고 이해할 수 없었던 것이 다른 사람의 입장에서 보면 보이고 이해가 되는 것이 있습니다. 내 입장만 고집하지 않고 기꺼이 다른 사람의 입장이 되어보는 것도 유연한 사고입니다. 한 자리에서만 글을 쓰고 공부합니다. 그러다 때로는 자리를 바꾸어 카페에 앉아 글을 쓰면 생각이 더 잘 떠오르는 경우가 있습니다. 이 역시 하나만 고집하지 않는 유연한 사고입니다.

1970년 '특이점 해소'라는 연구로 '수학 노벨상'이라는 필즈상을 받은 히로나카 헤이스케広中平祐 전 하버드대

수학과 교수는 유연한 사고를 한다는 것이 어떤 것인지 잘 보여줍니다. "……당시 수학자들은 정해진 방정식에 따라 숫자로서 수학 문제를 풀었는데 재미가 없었어요. 계산식에 얽매이지 않고 내 성격에 맞게 푸는 거야. 물고기를 요리한다고 하면 회를 치든 찜을 하든 물고기의 본질은 변하지 않아. 푸는 방식이 달라져도 물고기가 커지거나 작아지진 않으니까. 정해진 방정식에 구애받지 않고 조건을 빙빙 바꿔도 돼. 본질은 안 변하니까. 엄청 재밌어. 수식이나 숫자가 아니라 문장으로 수학 문제를 푼다고 할까; 특이점 연구는 그런 거야. 문제를 여러 측면으로 풀다 보면 뾰족하고 단단한 가장 중요한 부분이 보이는데 그게 특이점이야. 그걸 해소하는 거지."(《조선일보》 2024년 4월 24일자 A30면) 히로나카 헤이스케 교수가 난제를 푼 방법을 보면 기존 방식에서 벗어나 기상천외한 방식을 동원한 것을 알 수 있습니다. 이 역시 유연한 사고에서 비롯된 것입니다.

우리네 인간관계도 그렇고 우리를 둘러싼 자연 모두를 이렇게 이해할 때 생각지 못한 변화를 만들어낼 수 있습니다. 또 그것이야말로 진정한 삶으로 가는 길이자 우리에게 이로운 길입니다. 노자는 이렇게 말합니다.

> 굳세고 강하게 하는 데에 용감하면 죽을 것이고, 부드럽고 약하게 하는 데에 용감하면 살 것이다. 이 두 가지 용감한 가운데 하나는 이롭고, 하나는 해롭다.(勇於敢則殺, 勇於不敢則活)《노자 · 제73장》

여러분이라면 어느 것을 선택하시겠습니까. 그렇습니다. 굳세고 강한 것이 미덕이란 생각은 바뀌어야 합니다.

세상을 살면서 우리가 늘 생각해야 할 것은 어떻게 유연한 삶을 살 것인가입니다. 그렇다면 늘 물을 생각하십시오. 물은 유연함의 극치이기 때문입니다. 위에서 아래로 말없이 흐르면서 기꺼이 낮은 곳에 임하며 남과 다투지 않습니다. 또 막히면 막히는 대로 돌아가고 움푹 파인 곳은 채워서 지나갑니다. 인생에서 온갖 쓴맛 단맛을 본 우리가 갖추어야 할 덕목이 아니겠습니까. 물과 갓난아이와 같은 삶을 살길 바래봅니다. 강직 · 곧음 · 뻣뻣함은 우리의 생명을 갉아먹고 죽게 만듭니다. 유연한 삶 속에 마음의 안정과 평화를 얻을 수 있습니다. 또 노자의 말을 인용해봅니다.

사람은 살아서는 그 몸이 부드럽고 연하지만, 죽어서는 그 몸이 굳고 단단하다. 초목 또한 살아서는 부드럽고 여리지만, 죽어서는 마르고 뻣뻣하다. 그러므로 굳세고 강한 것은 죽음으로 가는 유類요, 부드럽고 약한 것은 삶으로 가는 유다.(人之生也柔弱, 其死也堅强. 草木之生也柔脆, 其死也枯槁. 故堅强者死之徒, 柔弱者生之徒)《노자 · 제76장》

노자의 말대로 부드럽고 약함은 생명의 길이자 우리를 살리는 길입니다. 노자의 말이 오늘날 참으로 마음에 와 닿습니다.

5. 고요히 지킴[守靜]

날씨가 따뜻해지고 있습니다. 오늘도 마장지에 산책하러 나갔습니다. 마장지의 연못은 바삐 지나다니는 사람들과 달리 고요합니다. 간혹 먹이를 찾는 오리가 일으키는 물결만 연못의 고요함을 깨뜨립니다. 물결이 밀려 나간 자리에는 다시 고요함이 찾아옵니다. 연못 안은 구름이 지나가고 나무가 흔들거려도 거울처럼 고요하기만 합니다. 고요한 연못이 바깥세상의 요란함을 알까요. 연못 안과 밖은 완전히 다른 세상 같습니다.

벤치에 앉아 연못을 바라보며 고요함 속에 내 시선을 맡겨봅니다. 나도 모르게 마음이 차분해지고 복잡한 생각의 매듭이 풀리기 시작합니다. 가만히 보니 건너편 데크다리 아래의 오리들도 무심히 연못을 바라보고 있습니다. 저들은 또 무얼 그리 생각하고 있을까요. 고요함 속에 마음을 맡기는 것, 이것이 노자가 말한 수정守靜, 즉 '고요히 지킴'이 아닐지요.

'고요히 지킴'은 외물의 유혹을 떨쳐버리고 평안하고 고요한 마음을 유지하는 것을 말합니다. 고요함[靜]은 움직임[動]과 상대되는 상태입니다. 움직임은 변화를 가리키고 고요함은 상대적 정지를 말합니다. 그렇지만 노자의 관념에서는 움직임이 상대적인 것이고 고요함이 절대적인 것이 됩니다. 절대적이란 곧 도의 본질이란 말입니다. 그러므로 고요히 지킴으로써 도를 되찾는 것을 말합니다. 노자는 이렇게 말합니다.

> 그 근원으로 되돌아가는 것은 곧 비고 고요함[虛靜]이며, 비고 고요함은 대자연의 본성을 회복하는 것이다.(歸根曰靜, 靜曰復命)《노자 · 제16장》

위에서 말한 '도'란 노자에 의하면 결국 자연의 본성을 말합니다. 앞서 언급했지만, 이것은 노자가 당시 혼란한 사회상을 목도한 후에 주창한 것입니다. 천자는 권위를 잃고 사회는 갈수록 어지러워졌습니다. 사람들은 자신의 주장만 내세웠습니다. 노자는 이러한 혼란한 국면을 잠재우려면 다시 그 옛날의 고요함으로 돌아가야 한다고 주장했습니다. 시대는 달라졌지만, 노자 당시의 시대상은 지금과도 별반 다르지 않습니다. 그렇기에 지금 이 세상에서는 '고요히 지킴'이 더욱 절실하게 다가옵니다.

'고요히 지킴'은 가라앉히기입니다. 가라앉힘은 마음의 들뜸을 원래의 고요한 상태로 돌아오게 함을 말합니다. 들뜸은 사람의 마음이 격해져서 제대로 판단하지 못하고 이성을 잃게 만듭니다. 이때 사람은 잘못된 행동이나 결정을 하기 쉽습니다. 주로 혼란스럽거나 조급하거나 불안하거나 긴장할 때 많이 나타납니다. 혼란함은 사람이 마음의 갈피를 잡지 못하게 하고 조급함은 사람의 판단력을 흐리게 하고 불안함과 긴장함은 사람의 냉정함을 잃게 만듭니다. 노자는 이 모든 것을 잠재울 수 있는 것이 바로 '고요히 지킴'이라고 했습니다.

> **고요함은 조급함의 주재자이다.**(重爲輕根, 靜爲躁君)《노자 · 제26장》

노자는 '조급함'이라고 말했지만, 사실 이 '조급함'은 우리의 마음을 들뜨게 하는 모든 감정적인 문제와 갈등의 양상을 말한다고 봐도 무방하겠지요.

살다 보면 세상은 조급함과 혼란함으로 가득 차 있습니다. 거리에만 나가도 그렇습니다. 사람들이 횡단보도에서 파란불을 기다립니다. 어떤 사람은 파란불이 들어오기 전에 도로를 건너려고 합니다. 도로는 차들로 혼잡합니다. 사람들은 차 안에서 길이 막히는 도로를 원망하고 옆 차의 운전자에게 욕합니다. 사람들은 또 마음이 급해서 바쁘게 움직입니다. 아파트 안의 엘리베이터를 탑니다. 사람이 타면 몇 초를 기다리지 못해 연신 '닫기' 버튼을 눌러 댑니다. 이뿐만 아닙니다. 오토바이 폭주족은 밤낮을 가리지 않고 굉음을 내며 심야에 내달립니다. 길에서는 술에 취한 사람들이 고함을 질러 댑니다. 길을 걸으면 가게에서는 각종 음악 소리를 틀어댑니다.

우리는 이런 혼잡함과 조급함에 익숙해져서 아무렇지 않게 여깁니다. 당연한 듯 여기고 오늘도 계속 길을 갑니다. 그 결과 사람들의 마음은 삭막해지고 냉소적이게 되었습니다. 어쩌면 우리는 이것에 너무 익숙해져 이러한 혼란함과 조급함이 없는 것이 도리어 이상하게 여길지도 모르겠습니다. 이로 인하여 고요한 것을 견디지 못하게 되었습니다. 이제는 우리 스스로 고요히 지키는 법을 생각해볼 때입니다. 노자는 이 모든 정신과 마음을 어지럽히는 것의 주재자는 고요함이라고 했습니다.

어떻게 고요함을 지킬 수 있을까요. 첫째가 마음을 고요히 가라앉히는 것입니다. 고요한 수면에는 어떤 들뜸이나 일렁거림이 없습니다. 모두 가라앉아 있기 때문입니다.

화가 났을 때는 터뜨리기보다는 일단 '스물'까지 세어보는 것입니다. 우리 속담에 "참을 '인忍'자 세 번이면 살인도 면한다."라는 말이 있습니다. '참을 인' 자는 모두 7획입니다. 호흡에 집중하면서 마음속으로 천천히 '참을 인' 자를 세 번, 즉 스물한 획까지 써봅니다. 이런 방식으로 호흡에 집중하다 보면 불같이 타오르던 화가 어느 정도 가라앉는 것을 느낄 수 있습니다. 이런 과정을 반복해보면 화의 '화력'이 그다지 오래가지 않는다는 것이 느껴질 것입니다.

중요한 면접시험을 앞두고 있습니다. 너무 긴장되고 몸

이 떨려옵니다. 눈을 감고 숨을 깊게 들이쉬며 마음을 다독이며 마음을 가라앉혀 봅시다. 긴장되고 떨리는 마음은 어느새 편안함으로 바뀌어 있을 것입니다.

많은 관중 앞에서 첫 경기에 나서는 선수가 있습니다. 내 실력을 발휘할 수 있을까. 얼마나 떨릴까요. 눈을 감고 숨을 깊게 쉬며 마음을 가라앉힙니다. 경직된 몸은 부드러워지고 한결 편안하게 경기에 임할 수 있을 것입니다. 눈을 감는 것과 숨을 깊게 쉬는 것은 마음을 가라앉히는 좋은 방법입니다.

명상도 좋은 방법입니다. 고요히 눈을 감고 차분하게 마음속으로 깊이 생각합니다. 자신과 타인을 해치는 행위 가운데 우선 말과 행동부터 절제하는 다짐을 합니다. 이것이 어느 정도 되면 말과 행동을 넘어 '해로운 마음'까지 일시적으로라도 가라앉히는 훈련을 합니다. 호흡이나 특정 이미지 등에 마음을 모아 해로운 마음 상태를 일시적으로 가라앉히고 마음을 한 곳으로 집중하여 고요하고 정화된 마음 상태를 만듭니다. 그런 다음에 그렇게 정화되고 집중되어 아주 강력해진 그 마음을 이용하여 자기 존재와 세계를 있는 그대로 보는 지혜를 얻는 훈련을 합니다.

마음을 가라앉힌 자리에는 차분함 · 안정감 · 편안함이 다가옵니다. 이른바 '신의 목소리'가 들려올 것입니다. 카톨릭 교황청 홈페이지에 나오는 작가 미상의 시 일부입니다. "……만일 당신이 삶에서 신의 목소리를 듣기 어렵다면/ 다른 목소리들이 너무 많이 들려/ 신의 목소리가 당신 귀에 가닿지 않는다면/ 그렇다면 당신의 노트북 컴퓨터와 인터넷과/ 다른 모든 멋진 도구들을 내려놓으라/ 그리고 순수함으로 돌아가라/ 그러면 신이 당신 곁에 있으리라." (《사랑하라 한 번도 상처받지 않은 것처럼》, 97쪽)

이런 곳에서는 소란함 · 불안함 · 조급함이 자리하지 않습니다. 그러면서 내가 살아가는 환경이 보이고 그에 걸맞게 처신하게 되는 것입니다. 노자는 이를 이렇게 말합니다.

> 우주 만물은 모두 함께 어우러져 나고 자라는데, 우리는 그 가운데 순환 반복의 법칙을 보게 된다.(萬物幷作, 吾以觀復) 《노자 · 제16장》

그것은 다름 아닌 마음이 밝아지고 분명해진다는 것을 의미합니다. 이것이 진정으로 마음을 가라앉히는 것입니다. 노자는 이를 통해 정벌 전쟁을 일삼는 제후들을 일깨워주고자 했습니다. 마음 '가라앉히기'를 통해 노자는 사람들이 만물과 '함께 어우러져서' 전쟁을 멈추고 순수하고 소박한 인간의 본성을 되찾고자 했습니다.

'고요히 지킴'은 바라보기입니다. '바라보기'는 단순히 외물을 바라보는 것이 아닙니다. 고요한 마음으로 바라보는 것입니다. 친구와 말을 하면서 멋진 경치를 바라보는 것은 '바라보기'가 아닙니다. 들뜬 마음으로 내면을 바라보는 것은 '바라보기'가 아닙니다. 벤치에 앉아 잔잔한 연못을 고요하게 바라보는 것은 진정한 '바라보기'입니다. 가만히 누워 숨을 고르고 생각에 잠기는 것은 진정한 '바라보기'입니다. 그런 점에서 '바라보기'는 '관조觀照'라는 말과도 상통합니다. '관조'의 사전적 의미는 고요한 마음으로 사물이나 현상을 관찰하거나 비추어 보는 것을 말합니다. '관조'의 전제가 바로 '고요하게 보는' 것입니다.

고요함이 없는 '바라보기'는 진정한 '바라보기'가 아닙니다. 인도의 성자聖者인 스와미 묵타난다의 '조용히 앉으라'라는 시가 생각납니다.

조용하게 앉으라.
그리고 그 안에서 누가
너의 생각을 관찰하고 있는지 찾아보라.
주의 깊게 바라보면
네 안에서는 또 하나의 너를 발견하게 되리라.
그를 주의 깊게 관찰하고 이해하려 노력한다면
너 자신을 분명히 알게 되리라.
그렇게 안을 들여다보라.
네 안의 또 하나의 너를 찾으라.
그러면 완성이 가까우리라.
(《지금 알고 있는 걸 그때도 알았더라면》, 104쪽)

고요하게 내심을 바라보면 진정한 자신을 알게 된다는 말입니다. 나아가 자신을 알아간다는 것은 곧 자신을 완성한다는 것입니다. 노자에 따르면 이것이 대도大道의 순환법칙에 순응하는 것이고, 대도에 순응하면 "스스로를 길이 보존할 수 있어 종신토록 위험에 처하지 않는다.(道乃久, 沒身不殆)"《노자 · 제16장》라는 것입니다.

조선 중기의 대학자 이식(李植, 1584~1647)이 아들에게 써준 편지에서 "'원유부遠遊賦'에는 '아득히 텅 비어 고요하니 편안하여 즐겁고, 담박하여 무위하자 절로 얻음이 왔다(漠虛靜而恬愉, 淡無爲而自得)'라고 했다. 이 말은 신선이 되는 첫 단계요, 병을 물리치는 묘한 지침이다. 늘 이 구절을 외운다면 그 자리에서 도를 이룰 수 있다."라고 한 것도 이와 상통합니다. 이 모든 길이 고요함 속의 바라보기에 있습니다.

그러나 현대 사회에서 고요하게 바라보는 것은 쉬운 일이 아닙니다. 소셜 미디어의 발달로 사람들은 거미줄처럼 연결되어 있습니다. 언제 어디서든지 핸드폰에서 알림 소리가 납니다. 아침에 잠에서 눈을 뜨고 이불 속에서 잠시 하루의 일과를 생각하였습니다. 그런데 수시로 울리는 카톡의 알림 소리로 생각이 끊어진 적이 한두 번이 아니었습니다. 우리 일상에서 이런 일은 비일비재합니다. 이제는 고요히 있을 시간조차 없습니다. 고요히 있어 보지 못했기에 우리의 삶은 고요함을 견디지 못하는 지경에 이르렀습니다.

잠시라도 눈을 감고 고요하게 바라보았으면 좋겠습니

다. 바라보는 것은 마음도 좋고 주위 사람도 좋고 일도 좋고 뭐든 다 좋습니다. 고요함만 지키면 되는 것입니다. 노자가 "성인은……어떤 세속적인 욕심도 없이 한껏 맑고 고요함을 자신이 누릴 달콤함으로 여긴다.(聖人……味無味)"《노자 · 제63장》라고 한 것처럼 고요함을 자신이 누릴 '달콤함'으로 여겼으면 좋겠습니다.

'고요히 지킴'은 멈춰있기입니다. '멈춰있기'는 멈춰야 고요함을 지킬 수 있기 때문입니다. 번잡함 속에서는 고요함을 지킬 수 없습니다. 물건으로 가득 찬 어지러운 책상에서 고요하기란 어렵습니다. 달리면서 옆의 꽃을 바라보기는 어렵습니다. 멈추어서 고요함 속에 바라보아야 그 아름다움이 보이는 것입니다. 여기에 '멈춰있기'의 진정한 함의가 있습니다.

힘들고 긴 여정을 떠난 사람에게 '멈춰있기'는 무척이나 필요합니다. 사람이 쉬지 않고 길을 간다면 죽을 수도 있습니다. 노자는 "멈출 줄 알면 위험에 처하지 않으므로, 목숨을 길이 지킬 수 있다.(知止不殆, 可以長久)"《노자 · 제44장》라고 했습니다. 그래서 때로는 멈출 줄도 알아야 합니다.

우리네 인생도 마찬가지입니다. 인생은 긴 여정입니다. 명예와 부귀만을 위해 달려간다면 분명 큰 문제가 생길 것입니다. "온전하면 반드시 이지러지고, 무엇이든지 극에 달하면 반드시 되돌아온다.(全則必缺, 極則必反)"《여씨춘추呂氏春秋 · 박지博志》라고 했습니다. 홍콩의 대부호 이자청李嘉誠은 '멈춤을 안다'는 의미의 '지지知止' 두 글자를 사무실의 눈에 확 띄는 곳에 걸어두고 몸소 그 가치를 실천했다고 합니다.

일이 술술 잘되고 있어도 다음에 벌어질 일을 잘 알고 있어도 가장 좋은 방법은 잠시 멈추는 것입니다. 매일 잠시 멈춘다면 결코 궁지로 내몰리지 않을 것입니다. 멈추어서 자신의 현재 상황을 돌아보고 내가 가는 길이 맞는 것인지를 살펴야 합니다. 술술 막힘없이 글이 잘 풀리고 별다른 고민이 들지 않을 때도 멈추고 내일을 기다립니다. 그렇게 멈추면 잠재의식이 움직입니다. 의도적인 멈춤은 장기간 더 생산적으로 일할 수 있도록 해줍니다. "휴식은 명백하고 일관되게 창의적 사고력을 높인다"라고 과학자들은 말합니다. 멈추면 에너지가 재충전되어 번 아옷을 방지하고 지속적인 발전을 가능케 합니다.

멈추면 그동안 보이지 않았던 것이 보일 것입니다. 좌우로 고개를 돌려보십시오. 이제 막 꽃 방울을 터뜨린 꽃들이 보일 것입니다. 잠깐만 감사의 마음을 가져보십시오. 소중한 가족과 친구들이 보일 것입니다. 내면을 들여다보십시오. 나만의 아름다운 열정과 색깔이 보일 것입니다. 멈춰있기를 통해서 내가 그동안 놓치고 있던 주위의 환경과 진정한 나를 알게 됩니다. 이것이 바로 우리의 본성을 아는 것이자 노자가 말한 자연의 본성을 회복하는 것입니다.

노자의 '고요히 지킴'은 유교의 중용中庸, 인도의 요가, 불교의 참선參禪과도 통합니다. 《중용》은 "기뻐하고 노하고 슬퍼하고 즐거워하는 정情이 발發하지 않는 것을 중中이라 한다.(喜怒哀樂之未發 謂之中)" 《중용 · 제1장》라고 했는데, 외물의 간섭없이 고요히 마음을 지키는 것입니다. 공자는 중(용)을 지키는 어려움을 이렇게 말했습니다. "사람들이 모두 말하기길 내가 지혜롭다 하나 그물과 덫과 함정의 가운데로 몰아넣어도 피할 줄을 알지 못하며,

사람들이 모두 말하기를 내가 지혜롭다 하나 중용을 택하여 한 달도 지키지 못한다.(皆曰予知, 驅而納諸 故獲陷穽, 之中而莫之知辟也. 人皆曰予知, 擇乎中庸而不能期月守也)" 《중용 · 제7장》 성인 공자도 마음의 평정과 고요함을 찾는데 한 달을 꾸준히 하기 어렵다고 했으니 일반 사람들이 고요함을 지키기란 얼마나 어렵겠습니까.

그렇지만 물질문명이 고도로 발달하면서 삶은 피폐해지고 정신은 욕심과 불만에 지쳐갑니다. 주위에는 온통 남을 원망하고 비난하는 소리로 넘쳐납니다. 고요히 지킴의 시간이 우리에게 절실합니다. 공자처럼 하지 않더라도 일상에서 고요히 지킴을 쉽게 행하는 방법은 얼마든지 있습니다. 매일 5분 만이라도 숨을 깊게 들이마시고 천천히 내쉬는 것만으로도 마음은 한결 안정되고 편안해질 것입니다.

주샤오메이朱曉玫는 고등학교 때 스승 판이밍潘一鳴에게서 숨 쉬는 방법을 통해서 피아노를 치는 진정한 가르침을 받았습니다. 판이밍이 주샤오메이에게 물었습니다. "피아노를 치는 에너지는 어디서부터 솟아 나온다고 생각하느냐?" "어깨 아닌가요?" "아니지." "온몸에서부터?"

그러자 판이밍은 이렇게 대답해주었습니다. "아니야, 에너지는 숨에서 흘러나온다. 기력氣力도 생명도 숨에서부터 나오는 것이다. 숨을 잘 쉬도록 애써야 한다. 두 발은 바닥에 확고하게 자리 잡되 횡경막이 편안하다는 느낌을 갖도록 해라. 그러면 얼마 안 가서 알게 될 거야. 긴장이 덜해지고 손놀림이 부드러워져 사실은 더욱 강해졌다는 것을"(《마오와 나의 피아노》 50쪽)

앞서 말씀드린 명상도 좋은 방법입니다. 축구국가대표팀의 조규성 선수는 아시안컵 때 골을 넣지 못하자 많은 팬으로부터 비난을 받았습니다. 팬들은 심지어 그의 묶은 머리조차 빈정대며 조롱했습니다. 이때 조규성 선수는 팬들의 비판에 명상을 통해 마음을 다잡았다고 말했습니다. 팬들의 비난에서 오는 스트레스가 이만저만이 아니었을 텐데 마음을 고요히 지킴으로써 해결했던 것입니다.

빗소리를 가만히 들어보는 것, 고요한 연못을 바라보는 것, 조용히 차를 마시는 것, 숲길을 산책하는 것, 책을 읽는 것 등도 생활 속에서 고요함을 지키기 위한 노력이 될 수 있습니다. 이러한 바탕에서 정신은 맑아지고 삶의 활력을 되찾게 되는 것이며 새로운 것을 이루게 됩니다. 노자도 이렇게 말했습니다.

> **어느 누가 흐리멍텅한 가운데서 그 정서**情緖**를 안정**安靜**시켜 서서히 맑고 밝아지게 할 수 있는가? 어느 누가 편안하고 고요한 가운데서 그 정서를 변동**變動**시켜 서서히 생동감이 넘치게 할 수 있는가?**(孰能濁以靜之徐淸, 孰能安以動之徐生) 《노자 · 제15장》

노자의 말대로 '흐리멍텅'하고 '고요하고 편안한' 가운데서 세상 만물은 잉태되고 탄생하는 것입니다. 그 잉태와 탄생은 위에서 말한 삶의 활력과 새로운 것을 이루는 것일 것입니다. 고요히 지키며 고민과 걱정에서 한 걸음만 물러나 봅시다. 그러면 다시 길이 보일 것입니다. 노자의 '고요히 지킴'은 거대한 철학적 사유 속에 있지만, 우리의 생활에서는 무한한 치유와 삶에 대한 여유와 평안을 가져다줄 것입니다.

6. 다투지 않음[不爭]

‘쟁爭’은 ‘다투다’의 의미입니다. 이 글자는 갑골문에서 굽어진 ‘U’자 모양의 물체를 사이에 두고, 손의 모양을 본뜬 ‘또 우又’자가 위아래로 놓인 형태입니다. 즉 어떤 물체를 사이에 두고 두 사람이 서로 뺏으려고 다투는 형상에서 유래했습니다.

얼마 전 모 방송국의 ‘동물의 왕국’이라는 프로그램을 본 적이 있습니다. 그야말로 강자가 약자를 잡아먹는 살벌한 세계였습니다. 일말의 자비는 없고 오로지 먹이만을 다투는 그런 세계였습니다. 과연 동물의 세계만 그럴까요.

노자가 살았던 당시도 강자가 약자를 차지하는 세상이었습니다. 힘이 있는 제후가 군주를 시해하고 정권을 차지하는 일이 비일비재했습니다. 그도 모자라 이웃 나라를 공격하여 영토를 빼앗는 전쟁이 수시로 일어났습니다. 그 와중에 백성들의 삶은 도탄에 빠지고 사람들의 인성은 날로 피폐해져 갔습니다. 노자는 이런 상황을 "사람들이 갈피를 잡지 못하고 갈팡질팡한 날들이 이미 오래되었도다.(人之迷, 其日固久)" 《노자 · 제58장》라고 했습니다.

노자와 같은 시기를 살았던 공자는 각국을 돌며 인의仁義의 사상을 전파했습니다. 공자는 인의의 사상으로 혼란에 빠진 세상을 구하려고 했습니다. 그러나 공자의 주장은 타국의 영토를 차지하기에 혈안이 되어있던 제후들에게는 그야말로 쇠귀에 경 읽기였습니다. 답답해한 공자는 노자를 만나 이렇게 하소연 했습니다. "오늘날 도를 실행하는 일은 너무 어렵습니다. 제가 본래 대도大道를 견지하였으나 지금은 오히려 현재의 군주에게 도의를 행하도록 청하였지만 받아주지 않으니 오늘날 도를 실행하는 일은 너무 어렵습니다.(甚矣, 道之於今難行也. 吾比執道, 而今委質以求當世之君, 而弗受也. 道於今難行也)" 《공자가어 · 관주觀周》 그 정도로 노자의 시대는 난세였습니다.

노자는 공자가 각국을 돌며 인의의 사상을 설파하는 것에 못마땅해했습니다. 노자는 공자가 자신을 찾아와

'예禮'가 무엇인지 가르침을 청하자 이렇게 말해주었습니다. "그대가 말하는 '예'라는 것, 그것을 창도한 사람들과 그들의 뼈는 이미 다 썩어 없어지고, 지금은 단지 그들의 말만 남아 있소. 더욱이 군자는 때를 만나면 벼슬을 하며 좋은 수레를 타지만, 때를 만나지 못하면 바람에 나부끼는 쑥처럼 정처 없이 떠돌아다니게 되지요. 내가 듣기로 장사를 잘하는 상인은 그 물건을 깊이 간직하여 겉으로 보기엔 아무것도 없는 것처럼 하고, 군자는 큰 덕을 갖추고 있지만, 그 몸가짐은 지극히 겸양하여 어리석어 보인다고 하오. 그러니 그대도 그 교만한 기색과 과도한 욕망, 으스대는 태도와 지나친 포부를 버리시오. 그것들은 모두 그대에게 전혀 이롭지 않소. 내가 그대에게 하고픈 말은 이것뿐이오.(自所言者, 其人與骨皆已朽矣, 獨其言在耳. 且君子得其時則駕, 不得其時則蓬累而行. 吾聞之, 良賈深藏若虛, 君子盛德, 容貌若愚. 去子之驕氣與多欲, 態色與淫志, 是皆無益於子之身. 吾所以告子, 若是而已)"《사기 · 노자 한비 열전》

노자가 공자에게 세상은 그렇게 구제하는 것이 아니라고 충고하는 듯합니다. 후에 공자는 당시에 악명을 떨치던 도적인 도척盜跖을 찾아가 그를 인의의 가르침으로 인도하려다 "헛된 소리나 거짓 행동으로 주군을 미혹시키고 부귀한 신분이 되려 하고 있다. 도둑이라면 너보다 큰 도둑은 없다.(矯言僞行, 以迷惑天下之主. 而欲求富貴焉. 盜莫大於子)"《장자 · 도척盜跖》라는 모진 말을 듣고 옵니다.

노자는 공자의 주장과 달리 다투지 않음으로써 사람들이 자연의 본성을 되찾고 평화로워지는 세상을 갈구하였습니다. 이것은 인의 사상으로 사회질서를 회복하고자 한 공자의 주장과는 상반되었습니다.

> 최상의 덕성을 갖춘 사람은 물과 같다. 물은 능히 만물을 이롭게 하면서도 그들과 다투지 않고, 모두가 싫어하는 곳에 처하나니, 그러므로 도에 가깝다.(上善若水. 水善利萬物而不爭, 處衆人之所惡, 故幾於道)《노자 · 제8장》

그러니 노자의 눈에 공자의 사상은 부질없고 세상의 교화에 아무런 도움이 안 되는 것으로 보일 수밖에 없었습니다. 노자는 인의 사상이 전파될수록 아이러니하게도 세상은 더욱 혼란해질 것이라고 여겼습니다.

무위자연의 도가 행해지지 않자 인의가 창도되었고, 온갖 지혜가 출현하자 터무니없는 허위가 생겨났다. 가족 사이에 불화가 있자 효도와 자애가 강조되었고, 나라가 혼란에 빠지자 충신이 나타났다.(大道廢, 有仁義. 智慧出, 有大僞. 六親不和, 有孝慈. 國家昏亂, 有忠臣) 《노자 · 제18장》

노자가 난세를 되돌릴 방도로 내세운 것은 '인의' 사상 같은 인위적인 관습이나 제도가 아닌 다투지 않고 만물을 이롭게 하는 '물'의 덕성이었습니다. 그래서 노자는 "최상의 덕성을 갖춘 사람은 물과 같다."라는 말을 하게 된 것입니다. 이 말은 '상선약수上善若水'라는 성어로 잘 알려져 있습니다.

현대 사회에서 '다투지 않기'란 참으로 어렵습니다. 다투지 않으면 '바보 같은 사람'이나 '순진한 사람'으로 오해받기 쉽습니다. 치열하게 다투어야 부와 명예를 거머쥘 수 있습니다. 노자가 말하는 '다투지 않음'이란 물과 같은 덕성을 지닌 것으로 다투지 않고 그 속에서 급진적이거나 모험적인 변화를 꾀하는 것이 아닌 안정적이고 고요한 조화를 추구합니다. 우리 일상에 적응해보면 다투지 않음으로써 도리어 우위를 차지하거나 목표한 바를 얻는 것입니다. 이때 그 '우위'나 '얻음'은 안정적이고 고요한 조화의 토대에서 이루어지는 것입니다.

그런데 다투지 않고 어떻게 원하는 바를 얻을 수 있는지 의아해하는 분들도 있을 것 같습니다. 우는 아이에게 떡 하나 더 준다고 하지 않았습니까. 울어야 하고 소리를 쳐야 하고 남들과의 경쟁에서 이겨야 바라는 바를 얻는 세상입니다.

그렇지만 세상 이치가 모두 다투어서 얻어지는 것만은 아닐 것입니다. 물러나면서 겸손하면서 다른 사람의 아래에 기꺼이 처하면서도 상대방의 마음을 얻을 수 있기 때문입니다. 노자는 여기서 부쟁지덕不爭之德, 즉 '다투지 않음의 덕'을 강조했습니다. '다투지 않음의 덕'이란 무엇일까요.

'다투지 않음'은 물처럼 흘러가기입니다. 노자에게 '다투지 않음'의 전형은 물입니다. 물의 첫 번째 속성은 흐름입니다. 물은 높은 곳에서 낮은 곳으로 끊임없이 흘러갑니다. 거스르는 법이 없습니다. 즉 순환의 이치를 따릅니다. 그런 물은 흐르면서 결코 다투는 법이 없습니다. 어느 것이 먼저 가고 어느 것이 나중에 오지 않습니다. 그냥 그대로 흘러갑니다. 또 흐르면서 기꺼이 아래에 처합니다. 그러면서 궁극의 목적지인 바다까지 흘러갑니다. 흘러가면서 우여곡절을 겪지만 결국에는 목표한 바를 이루는 것입니다. 이것이 물의 속성이자 위대함을 가지고 있는 점입니다.

세상을 살면서 다투지 않고 목표한 바를 이루는 경우는 많습니다. 노자 자신도 그 본보기를 이렇게 말했습니다.

> 장수 노릇을 잘하는 이는 용맹을 부리지 않고, 싸움을 잘하는 이는 성내지 않으며, 적에게 이기기를 잘하는 이는 적과 맞서 싸우지 않고, 사람 부리기를 잘하는 이는 한껏 겸손히 자신을 낮춘다. 이를 일러 남과 다투지 않는 덕이라고 하고, 또 이를 일러 사람을 부리는 힘이라 하나니, 이 모두를 일러 천도天道에 부합하는, 자고이래 최고의 행동준칙이라 할 것이다.(善爲士者不武, 善戰者不怒, 善勝敵者不與, 善用人者爲之下. 是謂不爭之德, 是謂用人之力, 是謂配天古之極) 《노자 · 제68장》

만일 장수가 되어서 용맹함을 자랑하고 성질을 잘 부리면 병사들의 희생이 커질 수 있고 자신도 제 명에 살지 못할 것입니다. 《삼국지》에 나오는 장비張飛 같은 인물이 이럴 것입니다. 서기 221년, 장비는 2년 전에 죽은 관우關羽의 복수를 위해 오吳나라와 전투를 준비합니다. 장비는 관우의 죽음을 애도하기 위해 모든 장병이 흰 군복을 입고 백기白旗를 들고 출정할 수 있게 사흘 안에 흰 군복과 백기를 모두 만들 것을 부장 범강范疆과 장달張達에게 명합니다. 그러자 두 사람은 사흘 안에 다 만들기는 불가능하니 며칠간 말미를 더 달라고 요청합니다. 그러나 장비는 만취 상태에서 관우의 원수를 빨리 갚아야 한다며, 자신의 명을 따르지 않는 두 장수를 온몸이 피투성이가 되도록 곤장을 쳤습니다. 그러면서 사흘 내 다 만들지 못하면 죽일 것이라고 협박까지 했습니다. 범강과 장달은 어차피 기한 내에 그 많은 백기와 흰 군복을 만드는 것이 불가능하다고 판단하여 이왕 죽을 바에는 먼저 장비를 죽이는 것이 낫다고 판단했습니다. 그들은 만취 상태에서 자고 있던 장비를 살해하고, 그 목을 가지고 오나라로 달아났습니다. 장비는 결국 이렇게 부하들을 거칠게 다루다

화가 난 부하에게 살해당했습니다.

'용맹을 부리지 않고' '성내지 않으며' '맞서 싸우지 않고' '부리기를 잘하는' 것은 모두 '남과 다투지 않음'의 또 다른 표현입니다. 이를 통해 얻는 것은 부작용이 없는 보약과 같아서 진정으로 목표한 바를 얻는 것이라고 할 수 있습니다.

《장자 · 달생達生》에 이를 잘 보여주는 목계木鷄 일화가 있습니다. 닭싸움을 하기 위해 닭을 조련시키는 사람이 있었습니다. 주周나라 선왕의 부탁으로 닭을 한 마리 훈련하게 되었습니다. 열흘쯤 지나 왕은 그 닭이 싸움할 만큼 훈련이 되었는지 물었습니다. 조련사는 쓸데없이 허세를 부리고 자기 힘만 믿는다며 조금 더 있어야 한다고 대답했습니다. 다시 열흘이 지나 왕이 또 묻자, 조련사는 다른 닭의 소리나 모습만 보아도 덤벼든다며 조금 더 시간이 필요하다고 말했습니다. 다시 열흘이 지나 왕이 또 묻자, 조련사는 상대방을 노려보고 혈기가 지나치게 왕성하다며 아직 부족하다고 말했습니다. 그 뒤 다시 열흘이 지나 왕이 묻자 그제서야 조련사는 이렇게 대답했습니다.

"이제 됐습니다. 상대가 울음소리를 내어도 아무 변화가 없습니다. 멀리서 보면 마치 나무로 깎아놓은 닭[木鷄] 같습니다. 그 덕이 온전해진 것입니다. 다른 닭이 감히 상대하지 못하고 돌아서 달아나버립니다." 이 이야기는 끊임없는 '남과 다투지 않는 덕'을 닦은 결과가 어떠했는지를 잘 보여줍니다. 삼성의 창업주 이병철 회장은 자신의 집무실에 늘 이 목계 그림을 걸어두었다고 합니다. 이것은 이병철 회장이 노자의 '남과 다투지 않는 덕'을 마음에 두고 기업을 경영했음을 보여주는 것입니다.

몇 달 전에 모 방송국의 '현역가왕'이라는 프로그램을 본 적이 있습니다. 마침 프로그램 막바지여서 결승 1라운드가 열리고 있었습니다. 포항 출신의 전유진 양의 노래가 끝난 후에 설운도 가수가 이렇게 평했습니다. "자기 나이에 걸맞은 노래를 부르고 있다." 저는 이 말을 듣고 최고의 극찬이 아닌가 싶었습니다. '자기 나이에 맞는 노래를 부른다'는 말이 무슨 의미일까요. 자신의 실력에 맞게 감성에 맞게 나이에 맞게 노래를 부르고, 또 어떤 기교나 그보다 연륜이 있는 가수의 창법을 따라 하지 않는다는 것입니다. 결국 고등학생인 전유진 양은 누구와도 다투지 않고 자신에게 맞게 물 흐르듯 노래를 불렀다는 것입니다. 당시 쟁쟁한 가수들이 출연했음에도 전유진 양은 경연에서 결국 우승을 차지하였습니다. 노자는 “하늘의 도는 다투지도 않으면서 잘도 이긴다.(天之道, 不爭而善勝)”《노자 · 제73장》라고 했는데 이를 두고 하는 한 말이 아닌가 싶습니다.

그러나 우리의 현실은 어떨까요. 갖은 기교와 수단을 동원해 경쟁에서 이기려고 합니다. 노자에 의하면 그것은 모두 물처럼 자연스럽게 흐르는 것이 아닙니다. 이것은 그야말로 ‘다투어서’ 목표한 바를 얻으려고 하는 것입니다. 이럴 때일수록 물 같이 흐르면서 다투지 않고 목표한 바를 이루는 미덕을 생각해보았으면 좋겠습니다.

‘다투지 않음’은 내어주기입니다. 내어줌은 아무런 조건 없이 자신의 모든 것을 준다는 말입니다.

> 성인은 사사로이 쌓아두지 않고, 온 힘을 다해 사람들을 돕지만 오히려 자신이 더욱 부유하고, 모든 것을 다 사람들에게 주지만 오히려 자신이 더욱 풍족하다.
> (聖人不積, 旣以爲人己愈有, 旣以與人己愈多)《노자 · 제81장》

그렇지만 자신의 모든 것을 내어준다는 것은 쉽지 않은 일입니다. 그것은 남과 다투지 않음입니다. 이 역시 물의 속성입니다. 물은 흐르면서 곳곳에 스며들어 대지를 윤택하게 합니다. 숲의 나무에게는 영양분을 제공하고 움푹 파인 곳은 채워주고 대지에는 수분을 공급하여 비옥하게 만들어줍니다. 물은 이 모든 것에게 자신을 내어주고 말없이 흘러 바다로 갑니다.

우리에게 '내어줌'은 생소하게 들립니다. 우리는 모든 것을 가지겠다는 생각만 할 뿐 내어주겠다는 생각은 하지 않습니다. 가지려고 하면 할수록 욕심은 커져 갈 것입니다. 노자 당시 제후들이 이러했습니다. 그들은 영토를 차지하면 할수록 더 큰 영토를 차지하려고 했습니다. 그러나 결말은 그들 역시 패망의 길을 걸었습니다. 노자는 이러한 마음이 세상을 어지럽힌다고 보았습니다. 그 근저에는 다툼이 있었습니다. 노자는 제후들이 자신이 가진 것을 기꺼이 내어주며 다투지 않음의 미덕을 실천한다면 이러한 살벌한 전쟁은 일어나지 않고 만물과 만민이 골고루 은택을 입을 것이라고 여겼습니다.

천지 음양의 기운이 서로 화합하여 감로甘露를 내리면, 누가 그것을 애써 어떻게 하지 않아도 모든 사람이 절로 골고루 그 은택을 입게 된다.(天地相合, 以降甘露, 民莫之命而自均)《노자 · 제32장》

몇 해 전 한평생 김밥 장사를 하며 모은 전 재산을 기부하고 세상을 떠난 박춘자 할머니가 생각납니다. 박 할머니는 KBS와의 인터뷰에서 "돈 둬서 뭐합니까, 죽어서 가져갑니까? 내가 돈이 있어서 나눠서 줬다, 얼마나 좋은데요. 하하하."라고 했습니다. 박 할머니가 세상을 떠나기 전 가장 마지막으로 한 일은 자신의 월세 집 보증금마저 기부하는 것이었다고 합니다. 박 할머니는 세상을 떠나실 때까지도 모든 것을 내어주려고 했습니다.

엄마 아빠 앞에서 춤을 추며 재롱을 부리던 5살 전소율 양은 2019년 불의의 사고를 당하여 2년간 투병 생활을 했습니다. 세 명의 또래 아이에게 새 생명을 선물하고 세상을 떠났습니다. 기적적인 회복을 기다리던 아빠는 소율 양에게 심정지가 찾아오자 소율이의 장기를 기증하기로 하였습니다. 이렇게 소율 양은 세 명의 또래 아이에게 새 생명을 선물하고 세상을 떠났습니다.

이 모든 것이 다투지 않으면서 자신의 모든 것을 내어 주어 대지를 윤택하게 만든 물의 덕성을 닮은 것이 아닐지요.

'다투지 않음'은 간섭하지 않기입니다. '간섭'의 사전적 의미는 남의 일에 부당하게 참견하는 것입니다. 이렇게 보면 자연은 부당하게 남의 일에 참견하는 법이 없습니다. 그것은 곧 서로 경쟁하거나 다투지 않음을 말합니다. 물은 서로 간섭하지 않고 그냥 아래로 흘러갑니다. 숲의 나무들을 보십시오. 각자의 모습대로 큰 나무는 크게, 작은 나무는 작게 자랍니다. 결코 서로의 성장을 방해하지 않습니다. 또 더 크게 자라고자 다투지도 않습니다. 자연이 부여한 크기에 맞게 자랍니다. 숲에 들어가면 큰 나무와 작은 나무들이 조화를 이루면서 살아가는 것을 볼 수 있습니다. 그들은 자연의 순리대로 성장 소멸할 뿐 절대적으로 간섭하며 다투는 법이 없습니다. 그 가운데 조화를 이루는 삶을 삽니다. 이것이 간섭하지 않기의 본질이자 노자가 말하는 도의 본질에 가깝습니다.

대도는 그야말로 널리 행해져 상하좌우 이르지 않는 곳이 없다. 만물이 모두 그것에 의지해 생겨나고 자라지만, 이래라 저래라 어떤 간섭도 하지 않는다.(大道氾兮, 其可左右. 萬物恃之而生而不辭)《노자 · 제34장》

세상은 어떤가요. 숲의 세계와는 참 다릅니다. 대자연이 인간에게 부여한 성장의 크기가 있음에도 인간 세상에는 늘 다툼과 경쟁이 벌어지고 있습니다. 강자와 약자가 생겨나고 있는 자와 없는 자가 생겨납니다. 강자와 있는 자는 한없이 커지고 약자와 없는 자는 한없이 작아집니다. 이로 인해 사회는 더욱 살벌해지고 각박해집니다. 이것은 노자가 말하는 하늘의 도와 성인의 도가 아닙니다. 노자는 이렇게 말합니다.

하늘의 도는 만물을 이롭게 할 뿐, 결코 그들에게 어떤 해도 끼치지 않는다. 성인의 도는 만민을 도울 뿐, 결코 그들과 다투지 않는다.(天之道, 利而不害; 聖人之道, 爲而不爭)《노자 · 제81장》

그렇습니다. 어떠한 간섭 없이 해를 끼치지도 않고 남

들과 다투지 않으면서 조화를 이루는 것입니다. 노자의 이러한 '남과 다투지 않는 덕'이 지금 필요한 것은 아닐까요.

'남과 다투지 않는 덕'은 노자가 윗자리에 앉아 사리사욕을 취하고 전쟁을 일삼는 당시 위정자들을 향한 주장이었습니다. 노자는 나아가 군주가 '남과 다투지 않는 덕'을 행할 수 있다면 "다른 사람과 다투지 않기 때문에 천하에 어느 누구도 그와 다툴 수 없다.(以其不爭, 故天下莫能與之爭)"《노자 · 제66장》라고 했습니다. 또 노자는 한 개인이 '남과 다투지 않음'의 미덕을 행할 수 있다면 "최상의 덕을 갖춘 사람은 바로 이처럼 세상과 다투지 않기 때문에 사람들에게 원한을 사지 않는다.(夫唯不爭, 故無尤)"《노자 · 제8장》라고 했습니다.

이처럼 '다투지 않음'은 나라와 개인에게도 이롭습니다. '다투지 않음'은 실천과정에서 '흘러가기', '내어주기', '간섭하지 않기'의 모습으로 나타납니다. 세 가지 모두 우리의 삶을 윤택하게 하고 평안하게 하는 것들입니다.

이러했기에 '남과 다투지 않는 덕'은 예로부터 병법에

많이 적용되었습니다. 노자도 자신의 생각을 병법과 접목하여 "군대가 강하면 패망하고, 나무가 강하면 부러진다. 무릇 굳세고 강하면 하강의 형세에 놓이고, 부드럽고 약하면 상승의 형세에 놓이는 법이다.(兵强則滅, 木强則折. 堅强處下, 柔弱處上)"《노자 · 제76장》라고 한 바 있습니다. 《손자병법》도 '다투지 않고' 승리하는 것을 최고의 전략으로 여기며 "최상의 전략은 적의 계략을 무너뜨리는 것이고, 그 다음은 적의 외교를 무너뜨리는 것이며, 그 다음은 적의 군대를 무너뜨리는 것이고, 최하의 전략은 적의 성城을 무너뜨리는 것이다.(上兵伐謀, 其次伐交, 其次伐兵, 其下攻城)", "그러므로 백번 싸워 백번 이기는 것은 결코 훌륭한 전략이 아니며 싸우지 않고 적의 군대를 굴복시키는 것이 진정 훌륭한 전략이다.(百戰百勝, 非善之善者也; 不戰而屈人之兵, 善之善者也)"《손자병법 · 모공謀攻》라고 했습니다. 전쟁에는 막대한 희생이 따르기 때문에 예로부터 '다투지 않음'의 미덕을 중시했던 것입니다.

7. 겸손하게 낮춤[謙卑]

노자의 가르침을 생각하면 그것이 어떻게 현대 사회에 적용되고 도움이 되는지를 생각하게 됩니다. 많은 사람이 노자의 사상은 처세에 소극적이고 현실과 동떨어졌다고 생각합니다. 그래서 다가가기 어려운 사상쯤으로 치부하는 경향이 있습니다.

이는 비단 현대인들만 그렇게 생각한 것은 아니었습니다. '노자 열전'을 썼던 한나라의 사학자 사마천司馬遷조차 일찍이 "노자가 귀하게 여기는 도는 허무虛無이고, 자연을 따르며 무위 속에서도 다양하게 변하는 것이다. 그러므로 그가 지은 책은 말이 미묘하여 이해하기 어렵다. (老子所貴道, 虛無, 因應變化於無爲, 故著書辭稱微妙難識)" 《사기 · 노자 한비열전》라고 평한 바 있습니다.

노자 당시에도 사람들이 노자의 말을 이해하지 못한

것은 마찬가지였습니다. 노자는 자신의 말을 이해하지 못하는 사람들에게 이렇게 말했습니다.

> 내 말은 이해하기도 무척 쉽고, 실행하기도 무척 쉽다. 하지만 세상에 아무도 제대로 이해하지 못하고, 또 제대로 실행하지 못하도다. 무릇 말에는 그 본원이 있고, 일에는 그 근거가 있다. 사람들은 바로 그러한 것을 알지 못하기 때문에 나를 이해하지 못하는 것이다.(吾言甚易知, 甚易行. 天下莫能知, 莫能行. 言有宗, 事有君. 夫唯無知, 是以不我知) 《노자 · 제70장》

노자는 자신의 말이 '무척 쉽고' '실행하기도 무척 쉽다'라고 했습니다. 가만히 생각해보면 노자가 말한 '비움' · '하지 않음' · '고요히 있음' 같은 말은 일상에서 쉽게 실행할 수 있는 것들입니다. 이를테면 고요히 있는 것은 큰 힘이나 비용이 들어가는 것은 아닙니다. 그럼에도 사람들이 실행하지 못하는 것은 왜일까요.

그 근원적인 가르침을 알지 못하고 그에 반대되는 '채우는 것' · '인위적으로 하는 것' · '시끄러운 것'에 너무 익숙해져 있기 때문입니다. 끊임없이 채우려고 하기에 비우지 못하는 것입니다. 물질문명이 주는 신속함과 편리함에 익숙해져 있기에 무언가를 계속하려는 것입니다. 외부의 시끄러움에 익숙해져 있기에 고요함을 견디지 못하는 것입니다. 익숙함은 거기에 습관이 되어 편안하다고 여기는 상태입니다. 이런 상황에서 고요한 상황은 낯설게 다가올 수밖에 없습니다. 《노자》에 주석을 단 것으로 유명한 왕필은 또 "마냥 서둘러 이루려는 조급한 욕망에 현혹되고, 온갖 영화榮華와 명리名利에 미혹되었기(惑於躁欲, 迷於榮利)"《노자도덕경주 · 제70장》 때문이라고 했습니다.

'겸손하게 낮춤'도 마찬가지입니다. 누구나 다 아는 미덕이지만, 그렇다고 쉽게 행할 수 있는 것도 아닙니다. 이미 남들과 치열하게 경쟁하면서 자신을 내세우는데 익숙해져 있기 때문입니다. 스펙을 하나라도 더 늘려야 합니다. 소셜 미디어와 인터넷에서는 자신을 알리려는 사람들로 넘쳐나고 있습니다. 하나라도 알려야 생존할 수 있는 시대입니다. 게다가 자신을 알리는데 수단과 방법을 가리지 않습니다. 이런 상황에서 자신을 겸손하게 낮추는 미덕은 찾아보기 어렵습니다.

'겸손하게 낮춤'은 물러설 줄 알기입니다. 물러날 줄 앎은 때로는 자신을 굽힐 줄 알고 때로는 후퇴할 줄 알고 때로는 양보할 줄 아는 깨달음이나 용기를 말합니다. 굽혀야 할 때 굽히지 않으면 부러질 것이고, 후퇴해야 할 때 후퇴하지 않으면 피해를 입을 것이고 양보해야 할 때 양보하지 않으면 탐욕으로 큰 손해를 입을 것입니다.

세상 만물에 나아감만 있다면 어떻게 될까요. 빛을 보십시오. 오로지 직진만 합니다. 빛 그 자체는 화려하고 밝을지 몰라도 그것은 영원히 멈춤이 없습니다. 귀착점이 없어 쉼 없이 나아가기 때문입니다. 그것은 단조롭고 무미건조하여 의미가 없는 것입니다.

우리의 삶에서 귀착점이 없이 나아감만 있다면 어떻게 될까요. 사람이 계속 성공 가도만 달린다면 혹자는 좋겠다고 생각할지 모르겠지만 그것은 불행을 배태하고 죽음으로 가는 것입니다. 중국 속담에 "즐거움이 극에 다하면 슬픔이 찾아온다.(樂極生悲)"라는 말이 있습니다.

황금과 백옥白玉이 집안에 가득해도 능히 지킬 수 있는 이 없고, 재물 많고 지위 높다고 거들먹거리면 화를 자초하게 되나니! 공功이 이루어지고 나면 몸은 뒤로 물러나는 것이 천지자연의 이치에 맞는 것이다.(金玉滿堂, 莫之能守; 富貴而驕, 自遺其咎. 功遂身退, 天之道也) 《노자 · 제9장》

그래서 잘 나갈 때 물러남을 생각하고 물러나 있을 때 나아감을 생각해야 합니다. 그러면 노자가 말한 대로 "감히 천하 만인의 앞에 나서지 않으므로 천하 만물의 우두머리가 될 수 있는 것이다.(不敢爲天下先, 故能成器長)" 《노자 · 제67장》의 길을 갈 수 있습니다.

히말라야 고산 등정은 늘 사람들의 화제가 됩니다. 불굴의 의지로 산소가 드문 고산을 등정하는 일은 목숨을 내건 일입니다. 등정을 앞두고 눈보라가 치고 시야에는 아무것도 보이지 않습니다. 정상이 눈앞인데 여기까지 온 여정을 생각하면 포기하기란 쉽지 않습니다. 그러나 정상으로 가려면 목숨을 걸어야 합니다. 이때 도전보다는 과감하게 물러설 줄 알아야 합니다. 목숨보다 귀한 것은 없습니다. 등정은 다음 기회가 있지만, 목숨을 잃으면 더 이상 기회가 없기 때문입니다. 이럴 때 물러서는 용기가 필요합니다. 대자연 앞에 겸손하게 몸을 낮추고 물러서는 것입니다.

'삼고초려三顧草廬'라는 말을 들어보셨을 것입니다. 유비劉備가 제갈량諸葛亮을 초빙하려고 그의 초가를 세 번 찾은 이야기입니다. 이때 유비는 47세였고 제갈량은 27세였습니다. 자신보다 20살이 적은 인재를 등용하려고 유비는 몸을 낮추었습니다. 가을과 겨울에 찾아갔지만 만나지 못했습니다. 세 번째인 이듬해 봄에 다시 방문하였는데 제갈량이 집에 있다는 말을 듣게 됩니다. 그런데 공교롭게도 제갈량은 낮잠을 자고 있었습니다. 유비는 깰 때까지 기다리겠다고 대답했습니다. 제갈량이 뒤척이는 걸 동자가 깨우러 가려 하자 유비는 눈짓으로 말리기까지 하며 계속 기다렸습니다. 관우와 함께 밖에 있던 장비는 유비가 계속 서서 기다리는 걸 보고 속이 타들어 갔습니다. 장비는 "저렇게 무례한 놈이 있나, 내 당장 불을 질러버리겠다!"라고 화를 냈습니다. 그 와중에 잠을 자던 제갈량은 잠에서 깨어서 유비를 맞이하였습니다. 결국 유비는 몸을 낮추고 물러남으로써 제갈량의 마음을 얻었습니다. 훗날 제갈량은 유비를 도와 촉나라를 세우고 위나라와 오나라와 삼국의 구도를 형성했으며 무수한 전쟁에서 승리하였습니다.

인생에는 큰일이든 작은 일이든 자의든 타의든 무수한 선택의 시기가 있습니다. 어떤 선택을 할지는 개개인에 달려있습니다. 다만 그 선택에 나아갈 것이냐 물러날 것이냐가 있을 때 물러남을 먼저 생각해보았으면 좋겠습니다. 어쩌면 나아감보다 더 원활하게 일이 풀리는 것을 경험할 수 있을 것입니다.

'겸손하게 낮춤'은 진정으로 나아가기입니다. 나아감은 계속 전진하는 것만은 아닙니다. 그 나아감에는 상대의 아픔을 밟고 나간 것일 수 있기 때문입니다. 현대 사회에서 많은 사람이 치열한 경쟁을 통해 '나아감'을 추구합니다. 그 와중에 알게 모르게 많은 사람이 스트레스와 고통을 겪습니다. 뒤처진 사람은 뒤처진 사람대로 성공한 사람은 성공한 사람대로 나름의 스트레스와 고통이 있습니다.

우리 주변에서 일어나는 사람 간의 분쟁만 보더라도 그렇습니다. 분쟁을 해결하는 과정에서 힘이 있는 사람이 막강한 재력을 이용하여 약자를 속이고 자신의 이득을 챙기는 경우를 봅니다. 또 선거에 출마하는 사람이 공직자의 신분을 망각하고 자신의 출세만을 위해 부정한 짓을 하기도 합니다. 개인으로서는 이익을 얻고 명예를 얻었는지는 몰라도 이러한 것은 진정한 '나아감'이 아닙니다. 반면, 진정한 '나아감'은 겸손하게 자신을 낮춤으로써 나아가는 것입니다.

《주역周易》의 64괘 중에 지산겸地山謙이라는 괘가 있습니다. 이 괘는 겸손하게 자신을 낮추어 나아가는 미덕을 잘 보여줍니다. "하늘의 도는 가득 찬 것을 이지러지게 하며 겸손한 것을 더해주고, 땅의 도는 가득 찬 것을 변화시켜 겸손한 데로 흐르게 한다. 귀신은 가득 찬 것을 해치고 겸손한 것에 복을 주고, 사람의 도는 가득 찬 것을 미워하고 겸손한 것을 좋아한다. 겸손함의 도는 높고 빛나며 낮추어 처신하여도 뛰어넘을 수 없으니 군자의 끝마침이다.(天道下濟而光明, 地道卑而上行. 天道虧盈而益謙, 地道變盈而流謙, 鬼神害盈而福謙, 人道惡盈而好謙. 謙尊而光, 卑而不可踰, 君子之終也)" 겸손하게 낮추는 미덕은 어디를 가나 빛나고 존중을 받습니다. 그렇기에 세상의 군자들이 지니려는 궁극의 목표가 되는 것입니다.

1940년대 미국 정계에는 카슨이라 불리는 사람이 있었습니다. 그가 처음 하원에서 연설할 때 그의 옷차림은 서부에서 방금 올라온 탓에 매우 촌스러웠습니다. 한 의원이 카슨을 비꼬았습니다. "일리노이주에서 온 이 사람은 호주머니에 밀을 가득 넣고 있을 거야!" 그러자 의석 곳곳에서 웃음이 터져 나왔습니다. 그러자 카슨은 안색도 찡그리지 않고 태연하게 이렇게 대꾸했습니다. "그렇습니다, 저의 호주머니에는 밀이 가득 담겨 있죠. 그리고 머리카락에는 채소 씨앗이 가득 묻어 있습니다. 서부 시골에 사는 우리는 대다수가 촌스럽기 짝이 없습니다. 우리는 비록 밀과 채소 씨앗을 간직하고 있을 뿐이지만, 결국에는 아주 훌륭하게 싹을 틔워서 크게 가꿀 수 있습니다." 카슨은 의원들의 지적에 맞받아치지 않고 자신의 약점을 그대로 인정하고 한발 물러났습니다. 여기에 자신의 약점에 숨어 있는 의미를 드러냄으로 도리어 그는 대중들의 지지를 받게 되었습니다.

이것은 부작용이 없는 보약과 같습니다. 아무런 해가 없고 몸에도 좋습니다. 노자는 이렇게 말합니다.

성인은 자기 자신을 다른 사람의 뒤에 두지만, 오히려 뭇 사람의 우러름을 받아 자신이 앞으로 나아간다.(聖人後其身而身先)《노자 · 제7장》

자신을 겸손하게 낮춤은 늘 상대의 뒤에 두지만, 그것으로 인해 사람들의 우러름을 받고 나아간다는 것입니다. 이것이 노자가 추구한 이상적인 나아감의 전형입니다.

'겸손하게 낮춤'은 자신을 지키기입니다. 겸손히 낮춤의 힘은 참으로 위대합니다. 밖으로는 진정으로 나아가고 안으로는 자신을 지킬 수 있습니다. 자로子路가 공자에게 가득 채우고도 엎질러지지 않는 방법이 있느냐고 물은 적이 있습니다. 공자는 자로를 이렇게 일깨워주었습니다. "총명하고 지혜가 있다 할지라도 우둔한 것처럼 하여 자신을 지키고, 공로가 사방에 두루 미쳤다고 할지라도 사양함으로써 자신을 지키며, 용력勇力이 세상에 떨칠지라도 두려운 듯이 하여 자신을 지키고, 천하의 재물로 부유할지라도 겸손함으로 자신을 지켜야 한다.(聰明睿智, 守之以愚; 功被天下, 守之以讓; 勇力振世, 守之以怯; 富有四海, 守

之以謙)"《공자가어 · 삼서三恕》 공자가 말한 우둔함 · 사양함 · 두려움 · 겸손함 이 네 가지는 겸손하게 낮춤으로써 자신을 지키는 것입니다.

그렇지만 이렇게 자신을 지킨다는 것은 쉽지 않습니다. 그래서 우리는 이러한 마음을 받아들일 수 있는 마음을 길러야 합니다. 마음을 기르는 것은 마음의 역량을 기르는 것입니다. 마음의 역량이 길러지면 겸손하게 낮춤이 길러집니다. 이로 삶의 에너지가 충만해지고 마음이 늘 편안해집니다. 사람은 이를 토대로 밖으로 진정으로 나아가고 나라는 이를 토대로 다른 나라의 우러름을 받습니다. 노자는 이를 이렇게 말합니다.

> 겸손함으로 남의 따름을 얻고, 혹은 겸손함으로 남의 기름을 얻는 것이다.(或下以取, 或下而取)《노자 · 제61장》

그래서 사람은 겸손히 낮추어야 할 때는 기꺼이 낮출 줄 알아야 합니다. 여기의 낮춤은 '굽힘' · '양보' · '물러남'으로도 나타날 수 있습니다. 그것이 자신을 나아가게 하거나 자신을 지킬 수 있는 길이 되는 것입니다. 노자의 말을 또 인용해봅니다.

자신을 굽히면 스스로를 보존할 수 있고, 구부리면 곧게 펼 수 있으며, 움푹 들어가면 가득 채울 수 있고, 낡으면 새로워질 수 있으며, 적으면 얻을 수 있지만, 많으면 미혹하게 된다.(曲則全, 枉則直, 窪則盈, 敝則新, 少則得, 多則惑) 《노자 · 제22장》

굽힘은 누구나 싫어합니다. 그러나 나무는 굽어 있어 천수를 누리고 자신을 보존합니다. 협상할 때 자신의 주장만 내세워서는 안 됩니다. 상대방의 주장을 받아들일 것은 받아들이고 우리의 주장은 양보할 줄도 알아야 합니다. 그러한 굽힘과 양보가 자신의 조직을 발전시키는 길이 됩니다. 곧음만 추구하면 베이거나 부러지기 쉽습니다.

사회에서도 직설적으로 말하는 사람과 자신의 재주를 자랑하는 사람에게는 늘 적이 많습니다. 그런 사람은 상대로부터 존중받지 못하고 도리어 공격을 받습니다. 잘나가는 회사라도 고객들을 낮은 자세로 대하지 않고 거만하게 군다면 순식간에 나락으로 떨어질 수 있습니다. 나라와 나라 사이에서도 강한 나라가 겸손하지 못하고 늘 무력을 과시하면 이웃 나라로부터 존중받지 못할 것입니다. 노자는 늘 이러한 점을 경계하였습니다.

> 뭇사람의 뒤에 있지 못하면서 마냥 앞으로 나서려고만 한다면, 오직 파멸과 죽음뿐이리라.(舍後且先, 死矣!)
> 《노자 · 제67장》

> 성인은 단지 자기 자신을 알고자 할 뿐, 스스로를 드러내지 않으며, 단지 자기 자신을 사랑할 뿐 스스로 탐욕을 채우려 하지 않는다.(聖人自知不自見, 自愛不自貴)
> 《노자 · 제72장》

노자에 의하면 자신을 지키는 길은 '나서지 않음'과 '드러내지 않음'으로써만 얻어집니다. 이러한 미덕은 겸손히 낮추는 것과 상통합니다. 오늘날 노자의 통찰이 참으로 마음에 와닿습니다.

여기서 자신을 지키는 일이 사소하다고 생각하면 안 됩니다. 그것은 파멸을 막고 생명을 살리는 큰일입니다. 비움이 있으면 채움이 있듯이 나아가 성취하는 것이 있으면 물러나 자신을 지키는 것도 있습니다. 자신을 지킴을 통해 숨을 쉴 여지를 갖게 되는 것입니다.

옛날 선비들은 중앙에서 자신의 뜻을 펼칠 수 없게 되면 물러나 심산유곡을 찾아 심신을 수양했습니다. 이를 통해 선비들은 인생의 고비 고비마다 겪는 어려움을 건너갈 수 있습니다. 그렇기에 물러나 자신을 지키는 일은 결코 작은 일이 아닌 것입니다.

'겸손하게 낮춤'은 앞 장의 '하지 않기', '다투지 않기'와 일맥상통하는 것으로 군주의 권위와 존엄을 중시하는 유가와 법가 사상과는 다른 일면이라고 할 수 있습니다. 이는 철저하게 아래에 처하여 만물의 으뜸이 되는 역설의 이치를 잘 보여주는 것입니다.

강과 바다가 뭇 냇물의 왕이 될 수 있는 까닭은 그 스스로 기꺼이 뭇 냇물의 아래에 처하기 때문이다. 바로 그렇기 때문에 뭇 냇물의 왕이 될 수 있는 것이다. (江海之所以能爲百谷王者, 以其善下之, 故能爲百谷王) 《노자·제66장》

8. 만족할 줄 앎[知足]

요즈음 교외에 나가보면 여기저기 농막과 전원주택이 많이 보입니다. 복잡하고 빠듯한 도시 생활에서 벗어나 한적한 시골에서 살고 싶은 단면을 보여줍니다. 물질문명이 발달할수록 자연으로 돌아가고픈 사람의 마음은 변함이 없습니다. 그것은 분명 소박한 삶, 원시적인 삶, 고요한 삶으로 돌아가려는 것이겠죠.

옛날에는 농촌에 집을 지으면 정착하는 경우가 많았습니다만, 요즈음은 '세컨하우스' 개념으로 바뀌었습니다. 평일에는 도시의 집에서 살다가 주말이면 '세컨하우스'에서 지내는 경우가 많습니다. 신선한 공기를 마시며 작은 텃밭을 일구니 심신 건강에도 무척이나 이롭습니다. 나이가 들어 아예 농촌으로 이주하는 사람도 있습니다. 그렇지만 농사를 지으면서 자연과 벗하는 것에 만족하며 사는 사람도 있는가 하면 농촌의 한적함을 견디지 못하고 도회지로 다시 돌아가는 사람도 있습니다.

사실 만족할 줄 아는 삶을 사는 사람은 어디에 살든 심신이 건강하고 지내는 날들이 행복할 것입니다. 아무리 외진 곳이라도 만족하는 삶을 산다면 그곳이 낙원일 것입니다. 부탄은 전 국토의 대부분이 히말라야 고산으로 둘러싸인 인구 70만의 소왕국입니다. 그곳 사람들은 현재에 만족하고 욕심을 내지 않는 사회 분위기에서 행복을 느끼며 살고 있습니다. 그래서인지 전 세계에서 행복지수가 가장 높은 나라로 손꼽힙니다.

2010년 환경운동을 하다 돌연 사라졌던 수경 스님은 욕심을 적게 부리고 만족한 줄 아는 알뜰한 삶을 살길 주장했습니다. "'음식 쓰레기'라는 말, 음식 없이는 하루도 살 수 없는 우리 목숨에 대한 모욕입니다. 제가 말씀드리고 싶은 소욕지족少欲知足은 알뜰한 삶입니다. 가능하면 대중교통을 이용하고, 재활용하고, 종이컵 안 쓰는 것이 '방생'이라는 인식 정도는 하고 살자는 것입니다. 그렇게 살다 보면 더 좋은 삶, 복과 덕이 구족具足한 세상이 한 뼘이라도 넓어지겠지요."(《조선일보》 2024년 3월 14일자 A19면)

현재의 일, 사소한 일, 소박한 일에 만족하면 수경 스님의 말대로 늘 만족할 줄 아는 삶을 살 수 있게 됩니다. 반면 아무리 도회지의 좋은 집에 살아도 만족할 줄 모르는 삶을 산다면 그곳은 치열한 생존 경쟁이 펼쳐지는 정글이 될 것입니다.

역사를 보면 만족할 줄 모르고 명리에 현혹되어 패가망신한 사람이 너무나 많습니다. 그들의 공통점은 끊임없이 권력 · 금전 · 명예를 추구했습니다. 이미 충분히 얻었음에도 만족할 줄 모르고 계속 탐욕을 채우고자 했습니다. 결국 그들은 하나같이 패망의 길을 갔습니다.

대표적인 사람이 청나라의 탐관오리 화신(和珅, 1750~1799)입니다. 화신은 건륭제乾隆帝의 총애를 바탕으로 각종 부정부패를 저질러 중국 '최악의 탐관'이라는 오명을 받고 있습니다. 심지어 황제에게 진상하는 물품들도 그의 손을 거쳐 황제에게 전달되었기 때문에 마음에 드는 물건을 먼저 빼돌리기도 했습니다. 하지만 그 역시 든든한 배경이었던 건륭제가 죽은 후 악행이 만천하에 공개되어 '20가지 대죄大罪'라는 죄명으로 처형당했고, 가산도 전부 몰수당했습니다. 청대 어느 야사의 기록에 따르면 "화신은 20년간 관직에 있었지만, 그가 모은 재산은 한 나라의 20년 세입歲入보다도 많았다"라고 할 정도로 모은 재산이 어마어마했다고 합니다.

이 일화를 보면 춘추 시대 제齊나라 임금 환공桓公과 관중管仲의 대화가 떠오릅니다. 환공이 관중에게 "부富에도 끝이 있소?(富有涯乎)"라고 물었습니다. 그러자 관중은 이렇게 답했습니다. "물에 끝이 있는 것은 물이 없는 곳이 있기 때문입니다. 부가 끝이 있는 것은 그 부에 사람들이 이미 만족했기 때문입니다. 사람이 충분함에 만족하지 않고 죽는다면, 그 죽음이 부의 끝일 것입니다.(水之以涯, 其無水者也; 富之以涯, 其富已足者也. 人不能自止於足而亡, 其富之涯乎)"《한비자韓非子 · 설림 하說林下》 화신 같은 사람이 바로 이러한 경우라고 하겠습니다.

또 톨스토이의 단편소설 《사람에게는 얼마나 많은 땅이 필요한가?》에서 바흠은 해가 떠 있는 동안 걸은 만큼의 땅을 준다는 악마의 거래에 욕심을 부리다가 결국 탈진해서 죽고 맙니다. 길을 걷다가 적당한 선에서 그치고 해가 충분히 남아 있을 때 집으로 돌아가는 선택을 했더라면 그는 여생을 가족들과 함께 편안히 지낼 수 있었을 것입니다. 바흠이라는 사람은 만족해야 할 때 만족하지 않았기에 자신을 불행의 구덩이로 몰아넣었습니다.

그래서 역대로 많은 사람이 만족할 줄 모르는 마음을 경계했습니다. 공자가 제자들을 데리고 노나라 임금 환공桓公을 모시는 종묘에 가서 예禮를 살피다가 비스듬히 기울어진 그릇이 있는 것을 보았습니다. 공자가 사당을 지키는 사람에게 무슨 그릇이냐고 물으니, 사당을 지키는 사람은 "이것은 유좌宥坐라는 그릇일 것입니다."라고 대답했습니다. 그러자 "내가 듣기로 유좌라는 그릇은 속을 비워 두면 기울어지고 물을 적당히 채워 놓으면 바르게 서 있으며, 가득 채우면 엎질러진다고 하였소. 밝은 군주는 깊이 경계로 삼았지요. 때문에 항상 자신이 앉아있는 곁에 두었던 것입니다." 그리고는 공자는 제자들을 돌아보며 "시험 삼아 물을 부어 보아라"라고 말했습니다. 물을 부었더니 중간쯤 채우자 반듯하게 섰으나 가득 채우자 곧 엎질러지고 말았습니다. 이에 공자는 탄식하며 이렇게 말했습니다. "아! 무릇 사물로서 어찌 가득 채우고서 엎어지지 않는 것이 있겠느냐!(嗚呼! 夫物惡有滿而不覆哉)" 《공자가어 · 삼서》 공자는 '유좌'라는 그릇으로 만족할 줄 모르고 채우기만 하는 마음을 경계했습니다.

또 당나라의 시인 백거이(白居易, 772~846)는 '감흥感興'이라는 시에서 "명예는 여러 사람의 것이니 많이 취하지 말고, 이득은 내 몸의 재앙이니 적당히 탐하여라. 사람은 표주박과 달라서 안 먹을 수 없지만, 대강 배가 부르면 일찌감치 수저를 놓아야 하느니라.(名爲公器無多取, 利是身災合少求. 雖異匏瓜難不食, 大都食足早宜休)"라고 했는데 남다르게 다가옵니다.

명리에 현혹되어 패가망신하는 모습은 현재 사회에서도 마찬가지입니다. 뉴스나 신문에는 명예와 금전 때문에 사람들과 분규를 일으키거나 갈등을 겪는 경우가 허다합니다. 그 이면에는 만족할 줄 모르고 끊임없이 탐하려는 마음이 있습니다. 노자는 그 폐단과 그로 인한 후과後果를 이렇게 지적하였습니다.

명예와 목숨 가운데 어느 것이 중요한가? 목숨과 재물 가운데 어느 것이 더 소중한가? 명리를 얻는 것과 목숨을 잃는 것 가운데 어느 것이 더 해로운가? 명예를 지나치게 좋아하면 반드시 크게 대가를 치를 것이요,

재물을 지나치게 모으면 반드시 심각한 위험이 닥칠 것이다. 그러므로 만족할 줄 알면 모욕을 당하지 않고, 멈출 줄 알면 위험에 처하지 않으므로 목숨을 길이 보존할 수 있다.(名與身孰親? 身與貨孰多? 得與亡孰病? 甚愛必大費; 多藏必厚亡. 故知足不辱, 知止不殆, 可以長久)《노자 · 제44장》

노자는 만족할 줄 모르면 반드시 대가를 치를 것이고 만족할 줄 알면 모욕을 당하지 않고 목숨을 지킬 수 있을 것이라 하였습니다. 노자의 말대로 목숨보다 소중한 것은 없습니다. 목숨을 잃고 부귀와 명예를 취한들 무슨 소용이 있겠습니까. 그래서 만족하는 삶을 살아야 할 이유가 여기에 있습니다. 우리가 노자의 철학을 생명을 살리는 철학이라고 하는 이유도 여기에 있습니다.

'만족할 줄 앎'이란 부러워하지 않기입니다. 얼마 전 지인이 맛있는 음식을 먹는 사진을 보내왔습니다. 제가 너무 부럽다고 하니 '부러우면 지는 것'이라고 하더군요. 그 말은 저더러 부러워하지 말고 맛난 것을 먹어보라는 의미일 것입니다. 요즈음 시대에는 맛난 것과 좋은 곳이 워낙

많아서 서로 권하는 차원에서 이런 말이 나오게 되었구나 하고 생각하였습니다.

후에 저는 노자를 공부하면서 다시 이 말을 소환하게 되었습니다. 노자의 생각을 따라 곰곰이 생각해보니 참으로 일리 있는 말이라는 생각이 들었습니다. 노자가 주장한 '만족할 줄 앎'에서 가장 먼저 실천해야 할 덕목이 부러워하지 않는 것이기 때문입니다. 부러워하는 마음에서 만족할 줄 모르는 탐욕이 싹 틀 수 있습니다. 그것으로 인해 이를테면 소위 잘 나가는 사람이나 화려하고 아름다운 집을 부러워하는 마음이 생깁니다. 나아가 자신도 만족할 줄 모르는 삶을 살 수 있는 것입니다. 그러니 노자의 생각에서 보면 부러우면 지는 것이나 다름이 없습니다.

사람이 부러워하지 않고 만족할 줄 아는 삶을 살 때 행복이 찾아옵니다. 그러나 현대 사회에서 사람의 눈은 아무리 보아도 족함이 없고 귀는 아무리 들어도 차지 않습니다. 하나를 가지면 둘을 갖고 싶고 앉으면 눕고 싶은 것이 사람의 본심입니다. 자전거 한 대만 있으면 소원이 없겠다던 사람이 막상 갖고 보면 자가용이 눈앞에 선해 미련을 버리지 못합니다. 단칸방이라도 좋으니 내 집만 있으면 여한이 없겠다던 사람도 막상 단칸방 창문 너머 보이는 30평 아파트가 눈이 시리도록 아른거리는 것이 사람 마음입니다. 적당한 욕심은 발전을 가져옵니다. 형편과 처지에 따라 브레이크를 밟을 수만 있다면 적당한 욕심도 필요하겠지요. 불행히도 사람 욕심이라는 승용차는 브레이크가 없습니다. 어느 하나를 절실히 원하다 그것을 막상 소유하게 되면, 그 얻은 것에 감사하는 마음은 짧은 여운으로 끝나고, 또 다른 하나를 더 원하고 더 많이 바라게 됩니다. 부러워하지 않고 만족했을 때의 행복감을 모르고 모든 것을 잃고 나서야 그것이 얼마나 소중했는지를 깨닫게 됩니다. 그러기에 가진 것에 만족하고 적은 것에 행복을 느낄 줄 아는 지혜가 필요합니다. 노자뿐만 아니라 부처님도 소욕지족少欲知足의 삶, 즉 욕심을 적게 부리고 만족할 줄 아는 삶을 살라고 했습니다. 없는 것에 부러워하지 말고 가지고 있는 것에 만족할 줄 아는 자가 정말로 마음 부자입니다.

'만족할 줄 앎'이란 비교하지 않기입니다. 꽃이 피는 계절입니다. 저마다 아름다운 빛깔을 보여줍니다. 꽃은 자신을 드러내 누구에게 잘 보이려고 하지 않습니다. 그것은 자신이 얼마나 아름다운지 다른 꽃과 비교하지도 않습니다. 한 그루의 나무에는 꽃망울이 핀 것과 피지 않은 것이 있고 잎도 작은 것과 큰 것이 있습니다. 오로지 자신의 타고난 습성대로 피고 지기를 반복할 뿐입니다. 그러면서 자신만의 향기를 잘도 뿜어냅니다. 벚꽃은 벚꽃답게 피면 되고 진달래는 진달래답게 피면 되는 것입니다. 옆의 꽃이 아름답다고 시기하거나 비교하지 않습니다.

> 성인은 무위자연의 태도로 세상사를 처리하고, 정령政令을 발하지 않는 방법으로 교화를 행하여, 만사 만물이 절로 일어나게 할 뿐 결코 인위人爲로 비롯되게 하지 않는다.(聖人處無爲之事, 行不言之敎; 萬物作而弗始) 《노자 · 제2장》

사람도 나는 나로 살면 되고 그는 그로 살면 되는 것이지 비교할 필요는 없습니다. 타고난 자질과 성장한 환경이 모두 다르기 때문입니다. 어느 유행가의 가사가 생각납니다. "있으면 있는 대로 없으면 없는 대로 좋으면 좋은 대로 싫으면 싫은 대로 살아가면 되지." 우리가 비교하는 대상은 대부분 나보다 재주가 뛰어나고 가진 것이 많습니다. 그것은 상대가 잘 하는 것일 수 있습니다. 내가 못한 것으로 상대가 잘하는 것에 비교하는 것일 수 있습니다. 자신이 잘하는 것은 보지 않은 채 말이죠.

'나는 배웠다'라는 시에는 "다른 사람의 최대치에 나를 비교하기보다는/ 나 자신의 최대치에 나를 비교해야 함을 나는 배웠다."(《사랑하라 한 번도 상처받지 않은 것처럼》, 36쪽)라는 구절이 있습니다. 나는 나대로 상대가 가지지 못한 뛰어난 점이 있음을 보고 남과 비교하지 말아야 합니다. 비교한 후에는 속이 상하고 후회가 밀려듭니다. 속이 상하면 마음이 편안하지 못합니다. 마음이 편치 못하면 남을 시기하고 나도 남처럼 되려고 합니다. 그로부터 불행의 씨앗이 배태되는 것입니다. 노자는 이렇게 말합니다.

> 결국 사람이 탐욕스러운 것보다 더 큰 죄악이 없고, 만족할 줄 모르는 것보다 더 큰 화난禍難이 없다.(罪莫大於可欲, 禍莫大於不知足)《노자 · 제46장》

그렇습니다. 사람이 한 번 비교하기 시작하면 끝없이 자신을 탓하고 속은 무척이나 상하게 됩니다. 몸을 상하게 되니 이보다 큰 화난이 어디 있을까요. 기업이나 가게도 마찬가지입니다. 나의 가게가 손님이 많은 이웃 가게를 부러워하여 메뉴를 바꾸고 무리하게 확장한다면 과연 잘 되리란 법이 있을까요. 이것은 노자가 말한 것처럼 '화난'의 싹이 될 수 있지 않을까요.

'성북동 국시집'은 고 김영삼 전 대통령의 단골집으로 유명합니다. 1969년에 문을 연 서울의 대표적인 노포老鋪이기도 합니다. 이 가게에는 불교의 《유교경遺敎經》에 나오는 '오유지족吾唯知足'이란 액자가 걸려있습니다. 부처님이 열반에 들기 전에 제자들에게 남긴 마지막 가르침이라고 합니다. "나는 오직 만족할 줄 안다."라는 의미입니다. 이 액자는 이 가게가 왜 지금까지 번창했는지를 알 수 있게 해줍니다. 무수한 음식점이 명멸해가는 와중에 고유의 맛을 지키며 다른 가게와 비교하지 않고 만족할 줄 아는 마음으로 외길을 걸어왔기 때문입니다.

'만족할 줄 앎'이란 분수를 지키기입니다. 분수를 지키는 것은 자신의 신분이나 처지에 맞게 처신하는 것입니다. 만족할 줄 알 때 사람은 자신의 분수를 넘어서지 않습니다. 예로부터 사람들은 이 덕목을 중시했습니다. 《명심보감 · 안분편安分篇》은 "편안한 마음으로 분수를 지키면 몸에 욕됨이 없을 것이요, 세상 돌아가는 형편을 잘 알면 마음이 스스로 한가하나니 비록 인간 세상에 살지라도 도리어 인간 세상에서 벗어난 것이니라.(安分身無辱, 知幾心自閑, 雖居人世上, 却是出人間)"라고 했습니다.

반면 모든 문제가 자신의 분수를 넘었을 때 일어났습니다. 신하는 군주를 위해 충성을 다하는 것이 분수를 지키는 것입니다. 그러나 신하가 군주만이 할 수 있는 일을 하고 심지어 군주를 시해하는 일까지 한다면 자신의 분수를 넘어서는 것입니다.

춘추 시대 노나라에서 막강한 권력을 가진 대부大夫 계손씨季孫氏는 자신의 집 정원에서 천자만이 출 수 있는 팔일八佾[5]의 춤을 추었습니다. 이를 들은 공자는 대부 신

---

5) 주周나라 때 천자만이 출 수 있는 음악이다. 64인이 8열과 8행으로 늘어서서 아악에 맞추어 춤을 춘다.

분인 계손씨가 분수를 넘어 천자의 춤을 춘 것에 격분하며 "이런 일을 차마 할 수 있을진대 무슨 일인들 못하겠는가(是可忍也, 孰不可忍也)"《논어·팔일八佾》라고 했습니다. 공자는 이런 일에서 노나라의 예법 질서가 무너진 것은 나라의 기강이 무너진 것으로 보았습니다. 이에 공자는 노나라가 큰 혼란에 빠질 것이라고 예언했습니다. 후에 공자의 말은 적중하여 노나라는 내분으로 무너져갔습니다.

분수를 지키는 일은 이처럼 한 나라의 운명을 결정지을 수 있는 큰일입니다. 개인도 마찬가지입니다. 언론매체를 통해 자신의 분수를 넘어서 큰 갈등을 겪는 사람들을 볼 수 있습니다. 복권에 당첨되어 분에 넘치게 흥청망청 쓰다가 결국 파산한 사람, 부정한 짓을 저지르고도 국민의 대표가 되겠다는 사람, 부동산이나 고급 승용차를 샀다가 힘들어하는 사람 등이 있습니다. 분수에 맞게 살면 행복하게 살 수 있을 것인데, 그렇지 못하고 끝없이 욕심을 추구한 결과입니다.

선조 대왕 때에 유현儒賢이었던 토정土亭 이지함(李之菡, 1517~1578)이 포천 현감으로 부임했을 때의 일입니다.

옷은 삼베옷에 짚신을 신고 갓은 다 헤어진 것을 쓰고 부임하였습니다. 그 고을 관리들은 새로 맞이하는 현감인지라 진미珍味를 갖추어 저녁 식사를 올렸습니다. 그는 아무 말도 없이 수저를 들어보지도 않고 상을 물렸습니다. 아전들은 상이 시원치 않아 그런가 보다 생각하고는 더 좋은 음식을 마련하여 두 번째 상을 올렸습니다. 이번에도 거들떠보지도 않고 상을 물리는 것이었습니다. 당황한 아전衙前들은 뜰 아래 엎드려 절하며 "황송하오나 저희 고을은 서울과는 달라서 이 이상은 상을 더 차릴 수가 없으니 그저 죽여주십시오!"라고 하며 빌었습니다. 이때에야 이지함은 온화한 얼굴에 웃음을 지으며 이렇게 말했습니다. "자네들이 내 생각을 몰라서 그렇네. 나는 그런 좋은 음식을 먹어 본 일이 없기 때문에 그저 두려운 생각이 들어 그런 것뿐이네. 우리가 넉넉하게 살지 못하는 이유는 분수에 맞지 않게 사치하기 때문이 아니겠는가. 사치란, 언제나 가정과 나라를 망하게 하는 것이네. 우리가 부유해지기까지는 그런 사치스런 음식을 먹지 않았으면 좋겠네." 그러고는 보리밥과 시래기국을 가져오게 하여 부임 첫날의 식사를 마쳤습니다. 그가 부임한 지 2, 3년 만에 포천은 민풍이 크게 달라졌습니다. 이지함이 아산 현감으로 떠날 때는 온 고을 사람들이 길을 막고 서서 울지 않는 사람이 없었다고 합니다.

중국의 전원시인으로 일컬어지는 도연명(陶淵明, 365~427)의 '음주飮酒' 시는 분수를 지키고 만족할 줄 아는 삶이란 어떤 것인지를 잘 보여줍니다.

성의 경계에 집을 짓고 살아도	結廬在人境
수레와 말의 요란한 소리 들리지 않는다	而無車馬喧
그대에게 묻노니, 어찌 그럴 수 있는가	問君何能爾
마음 멀리 두면 사는 땅은 절로 외진다네	心遠地自偏
동쪽 울타리에서 국화를 따다가	采菊東籬下
우두커니 남산을 바라본다	悠然見南山
산의 기운은 저녁 무렵에 더욱 좋고	山氣日夕佳
나는 새 서로 짝하여 돌아온다	飛鳥相與還
이 속에 참뜻이 있으니	此中有眞意
말하려다가 이미 말을 잊는다	欲辨已忘言

세속을 떠나 자연 속에서 만족할 줄 아니 보이는 건 온통 아름다운 것뿐입니다. 그러니 더 이상 무엇을 부러

워하겠습니까. 그 속에 삶의 참된 의미를 발견한 도연명의 지혜가 놀랍습니다. 자연에 있지 않더라도 도연명의 시대가 아니더라도 속세에서 만족할 줄 아는 삶이 우리에게 이러한 무궁한 의미를 줄 수 있음을 생각했으면 좋겠습니다. 그렇다면 분수를 지키고 만족할 줄 아는 삶이 남다르게 다가올 것입니다.

노자의 '만족할 줄 앎[知足]'은 처세의 주장이자 생명의 철학입니다. 만족할 줄 앎으로써 모욕을 당하지 않고 생명을 보존할 수 있기 때문입니다. 그것은 도에 가까운 속성을 가진 것이자 궁극의 가르침인 '하지 않음[無爲]' · '다투지 않음[不爭]'의 또 다른 표현이기도 합니다. '만족할 줄 앎'으로써 억지로 하지 않고 남과 다투지 않기 때문입니다. 만족함으로써 진정한 만족을 얻는 것이라고 할 수 있습니다.

> **그러므로 사람이 만족할 줄 앎으로써 만족을 얻으면, 항상 만족하게 된다.**(故知足之足, 常足矣) 《노자 · 제46장》

'부러워하지 않기' · '비교하지 않기' · '분수를 지키기'는 '만족할 줄 앎'을 위해서 꼭 지켜야 할 것입니다. 모두를 지키기는 힘들더라도 마음에 담아두어 그때그때 생각하며 마음을 일깨워주고 위로로 삼았으면 좋겠습니다.

9. 소유하지 않음[弗有]

개나리가 지더니 이어서 벚꽃도 진달래도 집니다. 이제 봄이 가고 있습니다. 자연의 순환법칙은 이렇게 변함이 없습니다. 벚꽃과 진달래가 인간의 소유였다면 이렇게 빨리 지게 놔두었을까요. 그러나 자연은 소유하지 않습니다. '하늘의 도는 어떤 것도 편애하지 않는다'는 '천도무친(天道無親)'《노자 · 제79장》의 이치가 떠오릅니다. 소유하지 않기에 피면 피고 지면 지는 것입니다. 모든 것이 이치대로 흘러갈 뿐입니다. 그 속에서 우리는 '소유하지 않음'의 미덕을 봅니다.

'소유所有'의 사전적 의미는 자기 것으로 가지는 것입니다. 자기 것은 내어주기 싫고 남의 것은 소유하고 싶은 것이 인지상정입니다. 그렇지만 자연은 이 아름다운 것들을 지게 내버려 둡니다. 자연은 만물을 자신의 소유라고 여기지 않고 그 순환법칙에 맡겨둡니다. 그렇게 자연은 우리를 둘러싸고 끊임없이 순환하면서 만사 · 만물을 생장시키고 목표한 바를 이루어주게 합니다. 이 역량이 바로 노자가 주장한 '도'의 역량이자 '무위자연'의 이치입니다.

만물을 보살펴 자라게 할 뿐 결코 사사로이 소유하지 않는다.(萬物作而弗始, 生而弗有) 《노자 · 제2장》

그렇기에 자연은 누구는 더 아껴주고 누구는 덜 아껴주고 하지 않습니다. 또 누구를 소유하지도 지배하지도 않습니다. 도리어 자연은 자신의 모든 것을 기꺼이 내어줍니다. 목재로 내어주기도 하고 양식으로 주기도 하고 양분이 되기도 합니다.

미국의 아동 문학가 셸 실버스타인(Shel Silverstein)의 《아낌없이 주는 나무》의 사과나무가 그렇습니다. 소년과 친구인 사과나무는 소년의 성장기마다 소년이 필요한 모든 것을 내어줍니다. 소년이 돈이 필요하면 사과나무는 자신의 열매를 팔아달라고 합니다. 어른이 된 소년이 집이 필요하면, 사과나무는 자신의 가지로 집을 지으라고 합니다. 노인이 된 소년이 피곤해서 쉴 곳이 필요하면, 사과나무는 그루터기만 남은 자신에게 앉으라고 합니다. 그 사과나무는 자신의 모든 것을 소유하지 않고 기꺼이 내주었습니다. 사과나무는 그에 따른 대가를 바라지 않습니다. 오로지 그 소년을 위해 삽니다.

> 만사에 온 힘을 다할 뿐 결코 자신의 재능에 의지하지 않고, 공로를 이룰 뿐 결코 공로가 있음을 자부하지 않는다.(爲而弗恃, 功成而弗居) 《노자 · 제2장》

노자가 '소유하지 않음'의 이치를 설파한 것은 당시 시대 상황이 자연의 섭리와 너무나 달랐기 때문입니다. 제후들은 권력과 영토를 소유하려는 데 혈안이 되었습니다. 이웃 나라를 공격하면서 백성들의 삶은 도탄에 빠졌습니다. 그 사이에 무수한 크고 작은 나라들이 명멸해갔습니다. 노자는 제후들에게 이러한 소유욕을 버리고 무위의 정치를 할 것을 주창하였습니다. 그것은 제후들의 소유욕으로 다스려지는 세상이 아닌 아무것도 하지 않음으로써 다스려지는 세상이었습니다.

2,500년이 흐른 지금도 세상은 권력과 영토를 차지하려는 소유욕으로 가득 차 있습니다. 세상 곳곳에서는 영토 전쟁이 일어나고 있습니다. 나라는 한정된 자원을 차지하려고 치열하게 각축하고 있습니다. 개인은 또 명예와 부를 추구하기 위해서 분주합니다. 사람들은 무엇을 소유하고, 무엇을 가질 것인지를 생각합니다. 소유 그 자체는 우리에게 삶의 동기를 부여할 순 있겠지만, 그 부작용도 만만치 않습니다. 빈부 격차는 커지고 환경문제는 날로 심해지고 있습니다. 사람들은 날로 치열해지는 경쟁에서 고통스러워하고 있습니다. 이 모두가 소유하려는 마음에서 비롯되었습니다. '소유하지 않음'은 노자가 이 시대에 주는 통렬한 가르침입니다.

'소유하지 않음'은 단순하게 살기입니다. '단순하게 살기'는 자신이 가진 것에 만족하는 삶이자 무얼 더 가지려 하는 삶이 아닙니다. 더 가지려 하지 않기에 현재의 삶에 더욱 충실해지는 것입니다. 이것은 노자가 주창한 검약儉約한 삶과도 상통합니다.

큰 것을 작은 것으로 여기고, 많은 것을 적은 것으로 여긴다.(大小多少) 《노자 · 제63장》

자동차를 소유하지 않은 저에게 많은 사람이 왜 운전을 하지 않느냐고 물어봅니다. 저는 그냥 '걷는 것이 좋아서요'라고 대답합니다. 차를 가진 사람들은 차가 밀리는지 주차장이 있는지 여러 가지를 따져봅니다. 그렇지만 저는 그런 고민을 하지 않습니다. 그냥 목적지까지 걸어가면 됩니다. 건강을 챙길 수 있는 것은 덤입니다.

냉장고가 여러 대인 집이 있습니다. 모든 식품을 보관해야 한다는 강박관념이 있습니다. 냉장고를 한 대로 줄이면 냉장고를 청소하기 쉬워지고 쌓아놓은 재료를 찾기 위해서 이 냉장고 저 냉장고를 뒤적일 필요가 없습니다. 매번 냉장고 정리를 해야 한다는 스트레스에 시달릴 필요도 없습니다. 이 역시 단순한 삶이 우리에게 주는 편리함입니다.

PGA 투어 스코티 셰플러와 LPGA 투어 넬리 코르다는 현재 프로골프에서 가장 잘 나가는 선수들입니다. 두 선수가 강조한 것도 '단순함'이었습니다. 셰플러는 "목요일

(1라운드)에 일요일(4라운드)를 생각하지 않는다"고 했고, 코르다는 "명예의 전당은 한 번도 목표로 삼아본 적이 없다."라고 했습니다. 둘은 게임을 단순화하면서 여러 대회에서 잇따라 우승을 차지할 수 있었습니다.

정의선 현대자동차그룹 회장은 고려대학교 학위수여식의 영상 축사에서 "완벽한 하루를 만들기 위해서는 '단순하게 사는 것'이 중요합니다. 단순해진다는 것은 더 중요한 것에 대해 집중한다는 의미이고, 단순함에는 분명하고, 날카로우며, 강력한 힘이 있습니다."라고 했는데 참으로 공감이 가는 말입니다.

물론 소유함은 삶의 동기를 부여하고 만족감을 줄 수 있는 일입니다. 그러나 한편으로는 사람을 불행의 구덩이로 몰아갈 수도 있습니다. 하나를 소유하면 둘을 소유하고 싶어지는 것이 사람 심리입니다. 이로 또 다른 고통이 시작됩니다. 이렇게 반복되면 사람의 삶 자체가 불행해질 수 있습니다.

많은 사람이 '단순하게 살아라', '복잡하게 생각하지 말아라'라는 말을 합니다. 일을 많이 벌이지 말고 한 가지에만 전념하라는 말입니다. 보통 사람은 소유하려는 마음을 가지면 자신의 분수를 넘어 무리할 생각을 합니다. 그로 인한 스트레스는 이만저만이 아닙니다.

'영끌족'이란 말이 유행입니다. 최대한의 대출을 받아 집을 사거나 주식 등에 투자한 사람을 말합니다. 이들은 집값이 더 오를 것이 걱정되어 많은 대출을 일으켜 주택을 삽니다. 그렇지만 이렇게 주택을 소유해도 만족감보다는 높은 이자와 향후 집값 때문에 더한 걱정을 또 합니다. 그러니 원하는 것을 소유했다고 해서 거기서 끝나는 것이 아닙니다. 또 다른 근심 걱정이 계속 생겨나는 것입니다. 소유하지 않고 단순한 삶을 산다면 이러한 일은 일어나지 않습니다.

> 그러므로 성인은 무욕하기를 바라고, 얻기 어려운 재화財貨를 귀히 여기지 않는다.(是以聖人欲不欲, 不貴難得之貨)《노자 · 제64장》

'단순하게 살기'는 소유욕을 내려놓는 것입니다. 소유하면 할수록 감당해야 할 무게는 늘어납니다. 이것이 부메랑이 되어 자신을 누릅니다. 소유욕을 내려놓으면 단순한 삶, 소박한 삶을 살 수 있습니다. 그로 인해 마음의 여유와 평안을 얻을 수 있습니다.

마하트마 간디(Mahatma Gandhi)는 1931년 9월 런던에서 열린 제2차 원탁회의에 참석하기 위해 가던 도중 마르세이유 세관원에게 소지품을 펼쳐 보이면서 "나는 가난한 탁발승이오. 내가 가진 거라고는 물레와 교도소에서 쓰던 밥그릇과 염소젖 한 깡통, 허름한 요포 여섯 장, 수건 그리고 대단치도 않은 평판 이것뿐이오."라고 했습니다. 그는 철저하게 소유하지 않은 삶을 살면서 비폭력운동을 펼쳐 인도의 독립에 헌신하였습니다. 그것은 노자가 말한 '하지 않음'으로써 해내는 '무위이치無爲而治'의 가치를 실천하는 것이었습니다.

'소유하지 않음'은 필요한 것에만 집중하기입니다. 자기 것으로 만든 것은 어쩌면 자신에게는 진정으로 필요한 것이 아닐 수 있습니다. 남들이 사니까 나도 따라 산 것일 수도 있고, 남과의 경쟁에서 뒤처질까 두려운 마음에서 가진 것일 수도 있습니다. 이것저것에 마음을 빼앗기면 정작 해야 할 일을 등한시할 수 있습니다. 그러면 몸은 몸대로 마음은 마음대로 지칠 것입니다. 때문에 '소유하지 않음'은 자신이 필요한 것에 집중하는 것입니다. 그것이 자신의 내면을 가꾸는 일일 수도 있고 외면의 일일 수도 있습니다. 어떤 것이든 소유하려 하지 않는다면 충실한 삶을 살 수 있습니다. 그래서 노자는 이렇게 말했습니다.

> **그렇기 때문에 성인은 단지 자기 자신을 알고자 할 뿐 스스로를 드러내지 않으며, 단지 자기 자신을 사랑할 뿐 스스로 탐욕을 채우려 하지 않는다.**(是以聖人自知不自見; 自愛不自貴) 《노자 · 제64장》

저희 아파트에 두 대의 승용차를 소유하신 입주자분이 있습니다. 한 대는 국산 승용차이고 한 대는 외제 승용차입니다. 이 분은 출근할 때는 국산 승용차를 몰고, 주말에 외출할 때는 외제 승용차를 몹니다. 그런데 두 대의 차량 때문에 다른 사람의 주차공간까지 차지하게 되었습니다. 다른 입주자분의 항의를 받고 감정까지 상하는 일을 겪었습니다. 이 분이 평일과 주말에 국산 승용차로만 이용했다면 주차하는 문제로 다른 입주민과 감정이 상하는 일은 없었을 것입니다. 이런 일은 그 입주자분이 하는 다른 일에까지 영향을 주기 마련입니다. 자동차 한 대를 더 소유한 일로 불필요한 일에까지 신경을 쓰게 된 것입니다.

페이스북의 CEO인 마크 저커버그(Mark Zuckerberg)는 매일 같은 티셔츠와 후드를 입는 것으로 유명합니다. 그는 이러한 선택이 매일 반복되는 불필요한 결정을 줄여줌으로써 더 중요한 업무에 집중할 수 있게 해준다고 말했습니다. 저커버그는 단순한 일상을 유지함으로써 자신의 에너지와 시간을 페이스북의 성장과 혁신에 더 많이 할애할 수 있었습니다.

이렇듯 '소유하지 않음'은 불필요한 곳에 마음을 빼앗기지 않고 해야 할 일에 집중하는 것입니다. 소유에 집착하면 할수록 정작 해야 할 일에 집중하지 못하는 것입니다. 무얼 소유하려고 하지 않으면 다른 곳에 신경을 쓰지 않게 됩니다. 이로 자신이 해야 할 일에 집중할 수 있는 것입니다.

'소유하지 않음'은 물질에 얽매이지 않기입니다. '얽매임'은 구속되어 부자유스러운 것을 말합니다. 사람이 물질을 소유하지 않는다면 그 유혹에 사로잡히지 않을 것입니다. 그러니 몸은 활력이 넘치고 마음은 누구보다 자유롭습니다. 얽매임에서 벗어나 몸과 마음이 자유로워지는 것이 바로 노자가 말하는 '도'이자 장자가 추구한 절대 자유의 경지입니다. 이 역시 아무것도 하지 않으면서 원하는 바를 이루는 '무위'의 이치이기도 합니다.

이 세상에는 사람이 갖고 싶은 것이 너무 많습니다. 부귀 · 명예 · 권력 등등. 사람들은 갖지 못해 안달입니다. 그러나 가지면 가질수록 그 안에 얽매이게 되고 마음은 불안해지는 것은 왜일까요. 그것은 마음이 거기에 얽매여 자유롭지 못하기 때문입니다. 마음이 자유롭지 못한데 아무리 많은 것을 소유한들 그것이 무슨 소용이겠습니까. 농촌에서 즐겁게 땅을 경작하고 수확하는 것만 못한 것입니다. 가난하더라도 가족들과 행복하게 지내는 삶만 못한 것입니다.

역사상 위대한 사람들은 소유에 얽매이지 않습니다. 그들은 내면을 충실히 하거나 세상을 구원하는데 전력했습니다. 《장자 · 소요유》에는 요堯임금이 허유許由에게 천하를 물려주려는 부분이 있습니다. 허유는 "제가 폐하를 대신하는 것이 저의 명성을 위하는 것인지요? '명성'이란

'실질'의 껍질입니다. 제가 실질의 껍질을 위해야 합니까? 뱁새는 숲에 둥지를 만들 때, 나뭇가지 하나만 있으면 됩니다. 들쥐는 강에서 물을 마실 때, 배를 채우기만 하면 됩니다. 폐하께서는 돌아가십시오. 제가 세상을 위해 할 수 있는 것은 없습니다.(我猶代子, 吾將爲名乎? 名者實之賓. 吾將爲賓乎? 鷦鷯巢於深林, 不過一枝; 偃鼠飮河, 不過滿腹. 歸休乎君, 子無所用天下爲)"라고 하며 거절합니다. 사람이라면 누구나 천하를 가지려 할 것입니다. 그러나 허유는 천하를 소유함에서 오는 얽매임을 던져버리고 자연에서 자유롭게 살려고 했습니다.

저우언라이周恩來는 중화인민공화국 건국 후 마오쩌둥毛澤東 밑에서 27년 간 총리를 지낸 인물입니다. 그는 막강한 권력을 가졌음에도 소유하는 것에 얽매이지 않았습니다. 베이징의 혁명박물관에는 그의 잠옷이 전시되어있습니다. 그 뒷부분은 3분의 2가 누더기로 기운 것이었습니다. 그가 입은 중산복도 여기저기 기운 흔적이 많았습니다. 신발도 20년을 신어 밑바닥이 거의 헤져있었습니다.

생전에 고승으로 추앙받던 어느 노스님이 입적한 후에 유품을 살펴보니 누덕누덕 기운 가사 장삼 한 벌과 낡은 발우 한 벌뿐이었다는 신문 기사를 본 적이 있습니다.

이들은 '소유'라는 것에 얽매이지 않은 남다른 정신세계를 가졌습니다. 이들에게 부귀와 명예는 한낱 하찮은 지푸라기에 불과했습니다. 그들은 부귀와 명예가 사람의 순수한 본성을 해치는 것임을 너무나 잘 알고 있었습니다. 그로 인해 그들은 세상 사람들의 모범이 될 수 있었습니다. 이를 두고 노자는 이렇게 말했습니다.

> 천지는 어떤 것도 사사로이 인애仁愛하지 않으니 만물을 짚으로 만든 개 보듯 한다.(天地不仁, 以萬物爲芻狗)
> 《노자 · 제5장》

그 근저에는 소유하지 않고 어디에도 얽매이지 않는 도의 정신이 있었기 때문이었습니다.

'소유하지 않음'은 갖지 않는 것입니다. 내 분수를 넘어 갖지 않는 것입니다. 그런 점에서 '소유하지 않음'은 단순하게 사는 것이자 내가 가진 것에 더 집중하는 것입니다. 가지면 가질수록 고통은 더 가중된다는 것을 기억해야 합니다. 내가 소유한 것을 어떻게 지킬까, 다음에는 또 무엇을 가질까. 끝없이 걱정과 욕망이 이어지는 것입니다.

'소유하지 않음'은 이러한 악순환에서 사람의 본성을 되찾게 해주고 정신적인 자유로 나아가게 해줍니다. 그로 인해 얻는 마음의 평안은 억만 천금을 주고도 바꾸지 않을 가치입니다.

우리가 일상에서는 위인처럼 '소유하지 않음'을 실천하지는 못해도 소유하는 그 순간과 그 단계에서 '소유'의 진정한 함의를 생각해보면 좋겠습니다. 무얼 소유하면 좋겠는지가 아닌 무얼 소유하지 않았으면 좋겠는지를 생각해보았으면 합니다. 마하트마 간디는 "내게는 소유가 범죄처럼 생각된다."라고 했으니까요.

10. 어눌한 듯함[若訥]

《노자》를 읽다 보면 곳곳에서 '도道'를 묘사한 부분을 볼 수 있습니다. 심오한 '도'의 모습을 생동적으로 보여주고 있습니다. 사람들에게 '도'의 존재를 이해시키려는 노자의 배려입니다. '도'의 본체가 어떤 것인지를 묘사한 부분을 보면 이렇습니다.

> 도는 보아도 보이지 않으니, '이夷 즉 색깔이 없는 것'이라 하고, 들어도 들리지 않으니, '희希 즉 소리가 없는 것'이라 하며, 만져도 만져지지 않으니. '미微 즉 형체가 없는 것'이라 한다.(視之不見, 名曰夷 聽之不聞, 名曰希; 搏之不得, 名曰微) 《노자 · 제14장》

> 도는 아무리 언어로 묘사를 해도 그저 담백하여 무미無味할 뿐이다. 게다가 아무리 보아도 볼 수 없고, 들

어도 들을 수 없으며, 쓰고 또 써도 다 쓸 수가 없다. (道之出口, 淡乎其無味, 視之不足見, 聽之不足聞, 用之不足旣) 《노자 · 제35장》

이외에도 '도'의 존재(제4장, 제6장), '도'를 체득한 사람의 형상(제15장), '도'의 본체와 작용(제25장), '도의 특성'(제41장), '도'가 작동하는 원리와 법칙(제45장) 등등 묘사한 내용도 다양합니다. 추상적이고 관념적일 것 같은 '도'의 모습이 우리의 눈앞에 그대로 나타납니다. 그중에서 '도'를 다양한 모양에 비유하여 설명한 것은 노자 사상의 진수를 보여줍니다.

더없이 완정完整한 것은 언뜻 결함이 있는 듯하지만, 그 작용은 결코 끝이 없다. 더없이 충만한 것은 언뜻 공허한 듯하지만, 그 작용은 결코 다함이 없다. 더없이 곧은 것은 언뜻 굽은 듯하고, 더없이 정교한 것은 언뜻 졸렬한 듯하며, 더없이 언변이 뛰어난 것은 언뜻 어눌한 듯하다.(大成若缺, 其用不敝. 大盈若沖, 其用不窮. 大直若屈, 大巧若拙, 大辯若訥) 《노자 · 제45장》

네 글자로 이루어진 다섯 가지 가르침 속에는 노자가 천지의 변화를 관찰하여 심사숙고한 지혜가 담겨 있습니다. 노자는 우리가 눈으로 보지 못하는 세계에 주목하였습니다. 눈에 보이는 것만 진실이고 사실이라 믿는 우리에게 노자의 가르침은 의미심장하게 다가옵니다.

'**더없이 완정한 것은 언뜻 결함이 있는 듯하다**' '도'의 한 가지 특성을 설명하고 있습니다. '도' 그 자체는 완전무결한 것이지만 그것이 만물을 성장 소멸시킴에는 다양한 모습으로 나타납니다. 즉 사람은 사람대로 나무는 나무대로 성장 소멸하지만, 사람은 또 사람마다 성장이 다르다는 것입니다. 키가 큰 사람과 키가 작은 사람이 있는가 하면 예쁜 사람과 추한 사람도 있습니다. 그래서 일견 보기에 더없이 완벽한 것 같지만 사실은 뭔가가 빠지고 모자란 듯합니다. 이 말은 《노자 · 제41장》에서 "넓은 덕은 오히려 부족한 듯하고, 굳센 덕은 오히려 힘없고 약한 듯하다.(建德若不足, 建德若偷)"라고 한 구절과 상통합니다.

우리는 지구는 둥글다고 생각합니다. 그런데 지구는 자

전하기 때문에 적도 쪽이 사실 부풀어 올라 있습니다. 정확하게 보면 완벽한 원형이 아니고 타원형에 가깝습니다. 이것은 '부풀어짐'으로 인해 언뜻 완벽한 원형을 이루지 못하는 결함이 있는 것처럼 보이게 만듭니다.

얼마 전 벚꽃이 피었을 때 벚꽃의 꽃잎을 유심히 살펴본 적이 있습니다. 꽃술마다 다섯 장의 꽃잎을 가지고 있었습니다. 혹시나 싶어서 다른 꽃술을 보아도 마찬가지였습니다. 그런데 한 꽃술에 자란 꽃잎의 크기는 제각기 달랐습니다. 잎이 큰 것도 있고 작은 것도 있었습니다. 자연의 '도'가 '완정'했다면 꽃잎 크기도 똑같아야 했을 것입니다. 그런데 자연의 '도'는 벚꽃은 피게 하면서도 그 안의 세세한 것은 모두 제각각 자라게 하였습니다. 이것은 우리가 보기에 자연의 '도'에 뭔가 부족하고 모자란다는 느낌을 줍니다. 그러나 전체적으로 보면 벚꽃을 아름답게 피게 하였으니 '도'는 '완정'한 것입니다. 이 역시 '도'가 널리 끝없이 작용하는 것을 보여주는 일례라고 할 수 있습니다.

'**더없이 충만한 것은 언뜻 공허한 듯하다**' '도'의 비움의 특성을 설파하고 있습니다. '더없이 충만한' 것은 가득 채우고 가득 실을 수 있는 것을 말합니다. 그리고 이러한 것들은 텅 비어 보인다는 점을 말하고 있습니다. 이는 크게는 우주 공간에서 작게는 세상의 모든 사사로운 것까지 망라합니다. 우주 공간에는 무수히 많은 별이 존재하나 사실 그 공간은 텅 비어있습니다. 하늘과 땅 사이에는 만물이 살아가지만, 그 사이는 역시 텅 비어있습니다. 그럼에도 이것들은 '도'의 작용으로 어느 하나 생장과 소멸을 거듭하지 않는 것이 없습니다.

한 편의 수묵화를 보면 여백이 상당히 많습니다. 여백은 단순한 빈 공간이 아닙니다. 그것은 수묵화의 한 부분으로써 그림과 조화를 이룹니다. 여백으로 인해 한 폭의 수묵화는 공허하게 보이지만, 독자에게는 무한한 생각의 여지를 줍니다.

'루사이트(leucite) 현상'이라는 것이 있습니다. 이 현상이 나타나지 않는 항아리는 장을 담그는 항아리가 될 수 없습니다. 루사이트는 백류석이라 부르는 일종의 화산암이며, 자연 상태에서는 화산의 굳은 곳에서 발견됩니다. 항아리가 섭씨 800도에서 1200도 사이에서 구워지는 동안 항아리 재료인 고령토가 루사이트 상태로 변합니다. 이때 광물의 결정 구조 한 축을 이루고 있던 결정수들이 빠져나가면서 미세한 '틈'들이 생겨납니다. 이 숨구멍은 공기는 통과하지만, 물은 통과하지 못하는 작은 스펀지구조를 이루는 항아리가 되는 것입니다. 숨 쉬는 '틈'을 가진 항아리에 장을 담아야 맛있게 숙성되고, 김치나 기타 발효음식을 넣어 저장해두면 항아리 외부에서 신선한 산소들이 끊임없이 공급되어 발효작용을 돕습니다. 항아리는 음식을 저장해두는 것이지만 비움의 작용으로 그 기능을 한다는 것을 알 수 있습니다.

'**더없이 곧은 것은 언뜻 굽은 듯하다**' '도'를 체득한 사람에 대한 설명입니다. 크게 곧은 사람은 작은 예절에 얽매이지 않습니다. 그 얽매이지 않음이 때로는 '굽히는 듯한' 것처럼 보이지만 결국에는 그 곧음을 잃지 않습니다. 오히려 사소한 것에 구애받지 않고 다른 사람의 의견을 따라가기도 하고 자기주장을 유보하기도 합니다. 이렇게 함으로써 사람들의 지지를 받고 존경을 받습니다.

청나라 말의 정치가이자 학자인 증국번(曾國藩, 1811~

1872)은 어릴 때부터 성품이 강직하기로 유명했습니다. 이로 인해 사람들과 갈등을 겪는 일이 많았습니다. 그는 처세의 원칙을 바꾸어 사람의 감정을 해치지 않는 선에서 자세를 낮추고 몸을 굽혔습니다. 누군가가 예물을 보내오면 받기는 받되 작고 중요하지 않은 것만 받는 것이었습니다. 즉 선물한 사람에게는 거절당했다는 느낌을 받지 않게 했고, 자신은 또 뇌물을 받지 않은 듯했습니다. 이렇게 작은 일에는 자신을 굽히면서 대의大義 상에서는 원칙을 지켰던 것입니다.

자연으로 눈을 돌려보아도 그렇습니다. 바다의 지평선은 직선으로 끝없이 펼쳐져 있는 것처럼 보입니다. 그러나 망원경으로 자세히 보면 둥근 지구의 영향으로 사실은 완만하게 굽어 있습니다. 저 먼 수평에서 나타나는 배는 가장 먼저 돛부터 보이기 시작합니다.

먼 우주에서 오는 빛도 일직선으로 오는 것 같지만 사실은 중력의 영향으로 휘어져서 우리 눈에 들어옵니다. 이것으로 현대 물리학은 시간과 공간이 절대적인 것이 아닌 가변적이고 상대적인 것임을 밝혀냈습니다. 자연계에 존재하는 이러한 현상 역시 크게 곧은 것은 굽어 보인다는 이치를 보여줍니다.

'**더없이 정교한 것은 언뜻 졸렬한 듯하다**' 역시 '도'를 체득한 사람에 대한 설명입니다. 도를 체득한 사람은 자연의 순리에 따라 일하지 않고도 원하는 바를 이룹니다. 인위적인 예법에 익숙한 사람들이 보기에 이것은 뭔가 어설프게 일을 하는 것처럼 보일 것입니다. 대자연이 빚은 기암괴석은 누구도 손대지 않고 절로 그렇게 빚어진 것입니다. 군데군데 뭔가 빠지고 어설픈 부분이 드러납니다. 그렇지만 사람들은 그 빼어난 경관에 감탄합니다. 절로 빚어진 것, 이것이 '도'의 입장에서 보면 가장 정교한 것입니다.

봉은사 판전板殿 편액은 기력이 쇠한 추사 김정희가 마지막 힘을 다해 쓴 글씨입니다. 이 현판을 보면 '보정산방寶丁山房'이나 '부람난취浮嵐煖翠'[6]에서 볼 수 있는 감각적인 아름다움은 찾아볼 수 없습니다. 뭔가 다소 서툰 것

6) 부람난취浮嵐煖翠는 아지랑이 피어오르는 봄날의 산이란 의미이다.

같으면서 또박또박 정성 들여 쓴 글씨만이 있을 뿐입니다. 이 현판을 본 유홍준은 어린 시절 추사가 처음 글씨를 배우기 시작하면서 또박또박 쓴 글씨와 비슷한 것 같아 가슴이 뭉클해진다고 했습니다. 만년에 추사는 최고의 기교를 드러내는 것이 아닌 졸렬함과 서투름을 드러내는 것이야말로 최고의 기교라는 것을 깨달은 듯합니다. 봉은사 경판전經板殿의 이 현판은 결국 추사의 절필이 되었습니다. 이 작품을 쓴 지 3일 뒤에 추사는 세상을 떠났다고 합니다.

일본 닛코의 도쿠가와 이에야스의 사당인 도쇼구東照宮의 정문은 음양오행설에 따라 요메이문陽明門이라고 명명되었습니다. 일본의 문 가운데에 가장 호화스럽게 장식된 문으로 알려져 있습니다. 화려한 채색과 더불어 400개가 넘는 조각으로 장식되었습니다. 문을 받치고 있는 12개의 둥근 돌기둥은 꽃무늬로 빈틈없이 조각되었습니다. 그런데 12개의 기둥 중 하나는 꽃무늬가 아래위로 뒤집혀 있습니다. 얼핏 보면 찾아내기 어렵고 장인이 실수한 것이 아닌가 하는 생각이 듭니다. 그러나 이것은 당시 장인이 추구하던 최고의 기교였습니다. '더없이 정교한 것은 언뜻 졸렬한 듯하다'는 '대교약졸大巧若拙'의 이치를 오롯이 구현한 것이었습니다. 인간이 만드는 것은 천상의 것처럼 완벽할 수 없고 또 설령 완벽을 추구하더라도 성공할 수 없다고 본 것입니다. 오히려 약간 실수한 것으로 보이는 것이야말로 인간이 달성할 수 있는 최고의 경지이므로 의도적인 실수를 만드는 것이 지상의 작품으로는 더 훌륭하다는 생각이었습니다.

'**더없이 언변이 뛰어난 것은 언뜻 어눌한 듯하다**' 정말로 말을 잘하는 사람은 말이 어눌하다는 의미입니다. 이 역시 도를 체득한 사람을 두고 한 말입니다. 정중히 하는 말은 느리고 신중하여 뭔가 유창하지 못한 느낌을 줍니다. 용서를 구하거나 부탁하는 말도 조심스럽기에 빠르거나 세련되지 못한 느낌을 줍니다. 반대로 말이 세련되거나 거창하면 진실하지 않거나 현혹하는 말이 많습니다. 도를 체득한 사람은 아무것도 하지 않음으로써 원하는 바를 이루기 때문에 누가 보더라도 하는 말이 어눌해 보입니다. 왕필은 이를 "뛰어난 언변은 만물을 따라 말하고 자신이 만든 것은 없기 때문에 어눌한 것 같다.(大辯因物

而言, 己無所造, 故若訥也)"라고 설명했습니다.

이 이치를 잘 보여주는 일화가 있습니다. 송宋나라의 개국 황제 조광윤(趙匡胤, 재위 960~976) 때 남당南唐의 후주後主 이욱(李煜, 937~978)은 송나라에 투항하지 않았습니다. 이욱이 문장으로 유명한 재상 서현徐鉉을 송나라에 사신으로 보내자 송나라 조정은 누구를 보내 응대할지를 의논하였습니다. 그러나 송나라 조정에서는 서현에 필적할만한 사람이 없었습니다. 이에 조광윤은 자신의 호위무사 중에 당당한 체구를 가진 일자무식의 사람을 선발하여 서현을 응대토록 했습니다. 서현은 송나라 조정에 오자 자신의 학식을 과시하며 거침없는 언변을 구사하였습니다. 그런데 이 호위무사는 무슨 말인지 모르고 옆에서 맞장구나 치면서 차를 마셨습니다. 이렇게 3일 동안 서현을 응대했습니다. 서현은 호위무사가 자신이 한 말에 대해서 시비를 말하지 않자 문득 자신보다 학식이 뛰어난 사람으로 여겼습니다. 후에 서현은 조광윤 휘하에는 학식이 뛰어난 사람이 많다고 생각하고 조광윤을 경계했습니다. 이렇게 일자무식의 호위무사가 아무런 말도 하지 않고 남당의 대신을 보기 좋게 응대한 꼴이 되었습니다.

제너럴 일렉트릭(General Electric)을 세계적인 기업으로 키운 일등 공신인 잭 웰치(Jack Welch)는 제너럴 일렉트릭에 평사원으로 입사해 최연소로 회장에 취임하며 20년간 자리를 지켰습니다. 그는 심한 말더듬이였습니다. 참치 샌드위치를 주문할 때 "투―투나 샌드위치"라고 발음해 점원이 참치 샌드위치 두 개를 내줬을 정도로 심하게 말을 더듬었습니다. 어린 시절 말을 더듬어서 친구들로부터 놀림을 당한 후 눈물을 흘리는 잭 웰치를 보고 그의 어머니는 이렇게 말했습니다. "네 말이 느린 게 아니라 네 생각의 속도가 너무 빠른 거란다. 세상 그 어떤 사람의 혀도 네 생각을 따라잡을 수 없단다." 잭 웰치는 말뿐만 아니라 행동도 조금 어눌했습니다. 하지만 잭 웰치는 이런 단점을 장점으로 바꿨습니다. 말이 아니라 마음으로 사람들에게 다가갔고 그것이 그를 소통의 달인으로 만들었습니다. 잭 웰치는 조금 어눌해 보이지만 선이 굵은 리더십으로 제너럴 일렉트릭을 미국의 대표기업으로 성장시켰습니다. 이것은 노자가 말한 '더없이 뛰어난 언변은 언뜻 어눌한 듯하다'의 가치에 충실한 것이었습니다.

노자의 사상은 자연의 순환법칙에 근본하고 있습니다. 그것은 노자가 전적으로 자연에서 받은 영감입니다. 모든 것을 인위적이고 억지로 하는 것이 아닌 저절로 이루어지게 하는 것입니다. 그러면서도 만물은 생장 소멸하면서도 지극히 조화를 이루는 경지입니다. 노자는 이러한 자연의 순환법칙을 혼란한 인간 세상에 구현하고자 했습니다.

자연은 완벽하지만, 만물을 하늘로부터 부여받은 각자의 본성과 모습대로 자라게 합니다. 자연은 만물을 획일적으로 자라게 하지 않습니다. 또 이렇게 자라라 저렇게 자라라 간섭하지도 않습니다. 사람은 사람대로 꽃은 꽃대로 자라게 합니다. 다만 그 속에서 사람은 사람마다 각기 개성을 갖고 태어나고 성장하게 하며, 꽃은 꽃마다 제각기 다른 아름다움을 지키며 피게 합니다. 그러면서 서로 조화를 이루며 살아가게 합니다. 자라게 하되 각자의 본성을 지켜주고 서로 조화를 이루게 하는 것, 이것이 노자 사상이 주창하는 위대함입니다.

결함이 있는 듯한 것, 공허한 듯한 것, 굽은 듯한 것, 졸렬한 듯한 것, 어눌한 듯한 것은 완벽한 자연 속에서 다양한 개성을 가진 만물의 이치를 보여줍니다. 완정함·

충만함 · 곧음 · 정교함 · 언변이 뛰어남 속에 제각기 다른 면이 있기에 뭔가 부족해 보이고 어설퍼 보이는 것입니다. 사람이 곧음만 추구한다면 어떻게 될까요? 분명 부러지고 말 것입니다. 사람이 탐욕만 추구한다면 어떻게 될까요? 분명 패가망신할 것입니다.

노자는 이러한 사상을 제기하여 자연에서 다양한 개성을 가진 만물이 극단을 치닫지 않고 조화를 이루고 있듯이 정벌 전쟁이 만연한 세상이 조화를 이루는 원시 사회의 삶을 추구하고자 했습니다.

부록

《노자》 명구名句 50선

1. 爲無爲, 則無不治(위무위, 즉무불치)(제3장)
무위자연의 원칙으로 만사를 다스리면 다스려지지 않는 것이 없다.

2. 聖人後其身而身先, 外其身而身存(성인후기신이신선, 외기신이신존)(제7장)
성인은 자기 자신을 다른 사람의 뒤에 두지만, 오히려 뭇사람의 우러름을 받아 자신이 앞으로 나아가게 되고, 자기 자신의 안위를 돌보지 않지만, 오히려 뭇사람의 배려를 받아 자신을 온전히 보존하게 된다.

3. 上善若水. 水善利萬物而不爭, 處衆人之所惡, 故幾於道(상선약수, 수선리만물이부쟁, 처중인지소오, 고기어도)(제8장)
최상의 덕을 갖춘 사람은 물과 같다. 물은 능히 만물을 이롭게 하면서도 그들과 다투지 않고, 모두가 싫어하는 곳에 처하나니, 그러므로 도에 가깝다.

4. 金玉滿堂, 莫之能守; 富貴而驕, 自遺其咎. 功遂身退, 天之道也(금옥만당, 막지능수; 부귀이교, 자유기구, 공수신퇴, 천지도야)(제9장)
황금과 백옥(白玉)이 집 안에 가득해도 능히 지킬 수 있는 이 없고, 재물 많고 지위 높다고 거들먹거리면 화를 자초하게 되나니! 공(功)이 이루어지고 나면 몸은 뒤로 물러나는 것이 천지자연의 이치에 맞는 것이다.

5. 三十輻, 共一轂, 當其無, 有車之用. 埏埴以爲器, 當其無, 有器之用. 鑿戶牖以爲室, 當其無, 有室之用. 故有之以爲利, 無之以爲用(삼십폭, 공일곡, 당기무, 유거지용. 연식이위기, 당기무, 유기지용. 착호유이

위실, 당기무, 유실지용. 고유지이위리, 무지이위용)(제11장)

수레바퀴의 서른 개 바큇살은 바퀴통 하나를 에워싸고 있는데, 그 가운데 아무것도 없는 빈 구멍이 있어서 비로소 수레로서의 기능을 하게 된다. 찰흙을 이겨 그릇을 만드는데, 그 가운데에 아무것도 없는 빈 곳이 있어서 비로소 그릇으로서의 기능을 하게 된다. 또 문과 창을 뚫어 방을 만드는데, 그 가운데에 아무것도 없는 빈 칸이 있어서 비로소 방으로서의 기능을 하게 된다. 그러므로 유형의 물체가 사람들에게 편리함을 가져다주는 것은, 그 가운데에 있는 무형의 공간이 그 나름의 작용을 하기 때문이다.

6. 故貴以身爲天下, 若可寄天下; 愛以身爲天下, 若可託天下(고귀이신위천하, 약가기천하; 애이신위천하, 약가탁천하)(제13장)

그러므로 사람이 자신을 돌보지 않고 천하 만인을 위해 헌신하기를 중시한다면, 곧 그에게 천하를 맡길 수가 있고, 자신을 돌보지 않고 천하 만인을 위해 헌신하기를 좋아한다면 곧 그에게 천하를 맡길 수가 있는 것이다.

7. 保此道者, 不欲盈. 夫唯不盈, 故能蔽而新成(보차도자, 불욕영. 부유부영, 고능폐이신성)(제15장)

이 같은 도를 견지하는 사람은 스스로를 가득 채우려고 하지 않나니, 바로 그처럼 스스로를 가득 채우려고 하지 않기 때문에 낡은 것 가운데서 새로운 것을 이룰 수 있는 것이다.

8. 曲則全, 枉則直, 窪則盈, 敝則新, 少則得, 多則惑(곡즉전, 왕즉직, 와즉영, 폐즉신, 소즉득, 다즉혹)(제22장)

자신을 굽히면 스스로를 보존할 수 있고, 구부리면 곧게 펼 수 있으며, 움푹 들어가면 가득 채울 수 있고, 낡으면 새로워질 수 있으며, 적으면 얻을 수 있지만, 많으면 미혹하게 된다.

9. 不自見, 故明; 不自是, 故彰; 不自伐, 故有功; 不自矜, 故長. 夫唯不爭, 故天下莫能與之爭(부자현, 고명; 부자시, 고창; 부자벌, 고유공; 부자긍, 고장. 부유부쟁, 고천하막능여지쟁)(제22장)

스스로 드러내지 않으므로 오히려 자신이 더욱 두드러지고, 스스로 옳다고 여기지 않으므로 오히려 옳고 그름이 더욱 분명하며, 스스로 자랑하지 않으므로 오히려 그 공로가 더욱 빛나고, 스스로 잘난 체하지 않으므로 오히려 그 존엄이 더욱 오래간다. 바로 그처럼 남과 다투지 않기 때문에 천하에 어느 누구도 그와 다툴 수가 없다.

10. 飄風不終朝, 驟雨不終日, 孰爲此者? 天地. 天地尙不能久, 而況於人乎?(표풍부종조, 취우부종일, 숙위차자? 천지. 천지상불능구, 이황어인호?)(제23장)
무릇 광풍은 아침 내내 불지 않고, 폭우는 하루 종일 내리지 않는다, 누가 그렇게 하는 것인가? 바로 천지다. 천지의 광포(狂暴)함도 오히려 오래가지 못하거늘, 하물며 사람의 포악함이야?

11. 企者不立, 跨者不行. 自見者不明, 自是者不彰, 自伐者無功, 自矜者不長(기자불립, 과자불행. 자현자불명, 자시자불창, 자벌자무공, 자긍자부장)(제24장)
까치발을 딛고 선 이는 제대로 서 있을 수가 없고, 큰 걸음으로 걷는 이는 제대로 걸어갈 수가 없다. 스스로 드러내는 이는 오히려 두드러지지 않고, 스스로 옳다고 여기는 이는 옳고 그름이 분명치 않으며, 스스로 자랑하는 이는 그 공로가 바래고, 스스로 잘난 체하는 이는 그 존엄이 오래가지 않는다.

12. 人法地, 地法天, 天法道, 道法自然(인법지, 지법천, 천법도, 도법자연)(제25장)
사람은 땅을 본받고, 땅은 하늘을 본받으며, 하늘은 도를 본받고, 도는 모든 것을 저절로 그러함에 맡긴다.

13. 重爲輕根, 靜之躁君(중위경근, 정지조군)(제26장)
무거움은 가벼움의 근본이요, 고요함은 조급함의 주재자이다.

14. 物壯則老, 是謂不道, 不道早已(물장즉로, 시위부도, 부도조이)(제30장)
만사 만물은 일단 강성하면 점차 쇠락하게 되는 법, 강성함을 좇는 것은 도의 정신에 부합하지 않는다 할 것이니, 무엇이든 도의 정신에 부합하지 않으면 일찍 쇠멸하게 된다.

15. 夫亦將知止, 知止所以不殆(부역장지지, 지지소이불태)(제32장)

장차 도를 굳게 지키며 멈출 줄도 알아야 한다. 왜냐하면 도를 굳게 지키며 멈출 줄 아는 것이 바로 위험에 빠지지 않는 근원이기 때문이다.

16. 勝人者有力, 自勝者强(승인자유력, 자승자강)(제33장)

다른 사람을 이기는 사람은 힘이 세고, 자기 자신을 이기는 사람은 부드러이 강하다.

17. 以其終不自爲大, 故能成其大(이기종부자위대, 고능성기대)(제34장)

대도는 시종 스스로 위대하다고 여기지 않으며, 그렇기 때문에 그 위대함을 이룩할 수 있는 것이다.

18. 道之出口, 淡乎其無味, 視之不足見, 聽之不足聞, 用之不足旣(도지출구, 담호기무미, 시지부족견, 청지부족문, 용지부족기)(제35장)

도는 아무리 언어로 묘사를 해도 그저 담백하여 무미(無味)할 뿐이다. 게다가 아무리 보아도 볼 수 없고, 들어도 들을 수 없으며, 쓰고 또 써도 다 쓸 수가 없다.

19. 將欲歙之, 必固張之, 將欲弱之, 必固强之; 將欲廢之, 必固與之; 將欲奪之, 必固予之. 是謂微明: 弱柔勝剛强(장욕흡지, 필고장지, 장욕약지, 필고강지; 장욕폐지, 필고여지; 장욕탈지, 필고여지. 시위미명: 약유승강강)(제36장)
무언가를 장차 수축시키려면 반드시 먼저 확장시켜야 하고, 장차 약화시키려면 반드시 먼저 강화시켜야 하며, 장차 눌러 없애려면 반드시 먼저 일으켜 세워야 하고, 장차 빼앗으려면 반드시 먼저 주어야 한다. 이 같음을 일러 '잘 드러나지 않지만 너무나 명백한 이치'라 하나니, 결국 부드럽고 약함이 굳세고 강함을 이긴다.

20. 故貴以賤爲本, 高以下爲基(고귀이천위본, 고이하위기)(제39장)
귀함은 천함을 근본으로 하고, 높음은 낮음을 기초로 한다.

21. 至譽無譽(지예무예)(제39장)

최고의 칭송은 곧 칭송되지 않는 것이다.

22. 明道若昧, 進道若退, 夷道若纇. 上德若谷, 大白若辱, 廣德若不足. 建德若偸, 質眞若渝. 大方無隅, 大器晩成, 大音希聲, 大象無形(명도약매, 진도약퇴, 이도약뢰. 상덕약곡, 대백약욕, 광덕약부족. 건덕약투, 질진약투. 대방무우, 대기만성, 대음희성, 대상무형)(제41장)

밝은 도는 일견 어두운 듯하고, 앞으로 나아가는 도는 일견 뒤로 물러나는 듯하며, 평탄한 도는 일견 험난한 듯하다. 높은 덕은 오히려 낮은 골짜기이듯 하고, 지극히 깨끗한 것은 오히려 때가 묻은 듯하며, 넓은 덕은 오히려 부족한 듯하다. 굳센 덕은 오히려 힘없고 약한 듯하고, 지극히 진실한 것은 오히려 공허한 듯하다. 한없이 큰 정방형正方形 물체는 오히려 모서리가 없고, 한없이 큰 그릇은 오히려 정해진 꼴이 없으며, 한없이 큰 소리는 오히려 그 소리를 들을 수 없고, 한없이 큰 모양은 오히려 그 모양을 볼 수 없다.

23. 天下至柔, 馳騁天下之至堅(천하지유, 치빙천하지견)(제43장)

천하에서 가장 부드럽고 약한 것이 천하에서 가장 단단하고 강한 것을 지배한다.

24. 知足不辱, 知止不殆, 可以長久(지지불욕, 지지불태, 가이장구)(제44장)

만족할 줄 알면 모욕을 당하지 않고, 멈출 줄 알면 위험에 처하지 않으므로, 목숨을 길이 보존할 수 있다.

25. 大成若缺, 其用不敝. 大盈若沖, 其用不窮. 大直若屈, 大巧若拙, 大辯若訥(대성약결, 기용불폐. 대영약충, 기용불궁. 대직약굴, 대교약졸, 대변약눌)(제45장)

더없이 완정完整한 것은 언뜻 결함이 있는 듯하지만, 그 작용은 결코 끝이 없다. 더없이 충만한 것은 언뜻 공허한 듯하지만, 그 작용은 결코 다함이 없다. 더없이 곧은 것은 언뜻 굽은 듯하고, 더없이 정교한 것은 언뜻 졸렬한 듯하며, 더없이 언변이 뛰어난 것은 언뜻 어눌한 듯하다.

26. 罪莫大於可欲, 禍莫大於不知足, 咎莫大於欲得. 故知足之足, 常足矣(죄막대어가욕, 화막대어부지족, 구막대어욕득. 고지족지족, 상족의)(제46장)

결국 사람이 탐욕스러운 것보다 더 큰 죄악이 없고, 만족할 줄 모르는 것보다 더 큰 화난禍難이 없으며, 끝없이 욕심을 부리는 것보다 더 큰 허물이 없다. 그러므로 사람이 만족할 줄 앎으로써 만족을 얻으면, 항상 만족하게 된다.

27. 無爲而無不爲(무위이무불위)(제48장)

무위하면 오히려 이루지 못할 일이 없다.

28. 見小曰明, 守柔曰强(견소왈명, 수유왈강)(제52장)

실로 어렴풋한 도를 능히 볼 수 있음이야말로 진정 밝음이라 할 것이요, 실로 부드러움을 굳게 지킬 수 있음이야말로 진정 강함이라 할 것이다.

29. 知者不言, 言者不知(지자불언, 언자부지)(제56장)

아는 사람은 말하지 않고, 말하는 사람은 알지 못한다.

30. 禍兮, 福之所倚; 福兮, 禍之所伏(화혜, 복지소의; 복혜, 화지소복)(제58장)

화는 복이 기대어 있는 것이요, 복은 화가 숨어 있는 것이다.

31. 重積德則無不克; 無不克則莫知其極(중적덕즉무불극; 무불극즉막지기극)(제59장)

부단히 덕을 쌓으면, 능히 해내지 못할 것이 없다. 능히 해내지 못할 것이 없으면, 그 능력의 끝을 알 수가 없다.

32. 大小多少, 報怨以德(대소다소, 보원이덕)(제63장)

큰 것을 작은 것으로 여기고 많은 것을 적은 것으로 여기며 원한을 은덕으로 갚는다.

33. 圖難於其易, 爲大於其細. 天下難事, 必作於易; 天下大事, 必作於細(도난어기이, 위대어기세. 천하난사, 필작어이; 천하대사, 필작어세)(제63장)

무릇 어려운 일을 해결하려면 그것을 다루기 쉬운 때부터 시작하고, 큰일을 이루려면 그 규모가 작을 때부터 착수해야 한다. 왜냐하면 천하의 어려운 일은 반드시 쉬운 데서부터 시작되고, 천하의 큰일은 반드시 작은 데서부터 시작되기 때문이다.

34. 輕諾必寡信, 多易必多難(경낙필과신, 다이필다난)(제63장)

가벼이 승낙하는 이는 어김없이 신용이 부족하고, 일을 너무 쉽게 생각하는 이는 어김없이 많은 어려움이 부딪힌다.

35. 合抱之木, 生於毫末; 九層之臺, 起於累土; 千里之行, 始於足下(합포지목, 생어호말; 구층지대, 기어루토; 천리지행, 시어족하)(제64장)

아름드리 큰 나무도 털끝만한 싹에서 자라나고, 9층의 높은 누대도 한 삼태기의 흙에서 비롯되며, 천 리 먼 길도 한 걸음에서 시작된다.

36. 江海之所以能爲百谷王者, 以其善下之, 故能爲百谷王(강해지소이능위백곡왕자, 이기선하지, 고능위백곡왕)(제66장)

강과 바다가 뭇 냇물의 왕이 될 수 있는 까닭은, 그

스스로 기꺼이 뭇 냇물의 아래에 처하기 때문이다. 바로 그렇기 때문에 뭇 냇물의 왕이 될 수 있는 것이다.

37. 聖人欲上民, 必以言下之; 欲先民, 必以身後之(성인욕상민, 필이언하지; 욕선민, 필이신후지)(제66장)
성인은 만백성의 위에 오르고자 하면, 반드시 그들에게 하는 말을 겸손하게 하여야 하고, 또 만백성의 앞에 나서고자 하면, 반드시 그들에게 하는 행동을 겸양하게 하여야 한다.

38. 我有三寶, 持而保之: 一曰慈, 二曰儉, 三曰不敢爲天下先. 慈, 故能勇; 儉, 故能廣; 不敢爲天下先, 故能成器長(아유삼보, 지이보지: 일왈자, 이왈검, 삼왈불감위천하선. 자, 고능용; 검, 고능광; 불감위천하선, 고능성기장)(제67장)
나에게는 세 가지 보배[三寶]가 있으며, 나는 그것을 잘 지키며 보존하고 있는데, 첫째는 자애慈愛요, 둘째는 검약儉約이요, 셋째는 감히 천하 만인의 앞에 나서지 않는 것이다. 무릇 자애로우므로 할 일 앞에서 용감할 수 있고, 검약하므로 영토를 넓힐 수 있으며, 감히 천하 만인의 앞에 나서지 않으므로 천하 만물의 우두머리가 될 수 있는 것이다.

39. 善爲士者不武, 善戰者不怒, 善勝敵者不與, 善用人者爲之下. 是謂不爭之德, 是謂用人之力, 是謂配天古之極(선위사자불무, 선전자불로, 선승적자불여, 선용인자위지하. 시위부쟁지덕, 시위용인지력, 시위배천고지극)(제68장)

장수 노릇을 잘하는 이는 용맹을 부리지 않고, 싸움을 잘하는 이는 성내지 않으며, 적에게 이기기를 잘하는 이는 적과 맞서 싸우지 않고, 사람 부리기를 잘하는 이는 한껏 겸손하게 자신을 낮춘다. 이를 일러 남과 다투지 않는 덕이라 하고, 또 이를 일러 사람을 부리는 힘이라 하나니, 이 모두를 일러 천도天道에 부합하는, 자고이래自古以來 최고의 행동 준칙이라 할 것이다.

40. 禍莫大於輕敵, 輕敵幾喪吾寶(화막대어경적, 경적기상오보)(제69장)

적을 얕보는 것보다 더 큰 화난은 없나니, 적을 얕보면 곧 자신의 귀중한 생명을 잃게 될 것이다.

41. 知不知, 尙矣; 不知知, 病矣(지부지, 상의; 부지지, 병의)(제71장)
알면서도 모른다고 여기는 것이 최상이요, 모르면서도 안다고 여기는 것은 큰 병病이다.

42. 聖人自知不自見, 自愛不自貴(성인자지부자현, 자애불자귀)(제72장)
성인은 단지 자기 자신을 알고자 할 뿐, 스스로를 드러내지 않으며, 단지 자기 자신을 사랑할 뿐, 스스로 탐욕을 채우려 하지 않는다.

43. 勇於敢則殺, 勇於不敢則活(용어감즉살, 용어불감즉활)(제73장)
굳세고 강하게 하는 데에 용감하면 죽을 것이고, 부드럽고 약하게 하는 데에 용감하면 살 것이다.

44. 天之道, 不爭而善勝, 不言而善應, 不召而自來, 繟然而善謀(천지도, 부쟁이선승, 불언이선응, 불소이자래, 천연이선모)(제73장)

하늘의 도는 다투지도 않으면서 잘도 이기고, 말하지도 않으면서 잘도 응답하며, 부르지도 않으면서 만물을 저절로 달려오게 하고, 느릿느릿하면서도 만물을 위해 잘도 도모한다.

45. 天網恢恢, 疏而不失(천망회회, 소이부실)(제73장)

진정 하늘의 그물은 넓고도 커서 그물코가 한없이 성기지만, 그 어떤 것도 빠뜨리지 않는다.

46. 人之生也柔弱, 其死也堅强. 草木之生也柔脆, 其死也枯槁. 故堅强者死之徒, 柔弱者生之徒(인지생야유약, 기사야견강. 초목지생야유취, 기사야고고. 고견강자사지도, 유약자생지도)(제76장)

사람은 살아서 그 몸이 부드럽고 연하지만, 죽어서는 그 몸이 굳고 단단하다. 초목 또한 살아서는 부드럽고 여리지만, 죽어서는 마르고 뻣뻣하다. 그러므로 굳세고 강한 것은 죽음으로 가는 유類요, 부드럽고 약한 것은 삶으로 가는 유다.

47. 天之道, 損有餘而補不足. 人之道, 則不然, 損不足以奉有餘(천지도, 손유여이보부족. 인지도, 즉불연, 손부족이봉유여)(제77장)
하늘의 도는 넘치는 것을 덜어서 모자라는 것에 보탠다. 반면 사람의 도는 그렇지 아니하나니, 모자라는 이의 것을 덜어서 넘치는 이에게 바치도다.

48. 天下莫柔弱於水, 而攻堅强者莫之能勝(천하막유약어수, 이공견강자막지능승)(제78장)
세상에 물보다 부드럽고 약한 것은 없다. 하지만 굳세고 강한 것을 쳐서 무너뜨리는 데에 물을 능가할 수 있는 것은 아무것도 없다.

49. 天道無親, 常與善人(천도무친, 상여선인)(제79장)
하늘의 도는 어떤 것도 편애함이 없으며, 오로지 늘 선한 사람과 함께할 뿐이다.

50. 信言不美, 美言不信. 善者不辯, 辯者不善. 知者不博, 博者不知(신언불미, 미언불신. 선자불변, 변자불선. 지자불박, 박자부지)(제81장)
진실한 말은 화려하지 않고, 화려한 말은 진실하지 않다. 선한 사람은 그 선함을 교묘히 꾸며 떠벌리지 않고, 그 선함을 교묘히 꾸며 떠벌리는 사람은 선하지 않다. 도를 아는 사람은 앎이 넓지 않고, 앎이 넓은 사람은 도를 알지 못한다.

51. 聖人不積, 旣以爲人己愈有, 旣以與人己愈多(성인부적, 기이위인기유유, 기이여인기유다)(제81장)
성인은 사사로이 쌓아두지 않고, 온 힘을 다해 사람들을 돕지만 오히려 자신이 더욱 부유하고, 모든 것을 다 사람들에게 주지만 오히려 자신이 더욱 풍족하다.

52. 天之道, 利而不害; 聖人之道, 爲而不爭(천지도, 이이불해; 성인지도, 위이부쟁)(제81장)
하늘의 도는 만물을 이롭게 할 뿐, 결코 그들에게 어떤 해도 끼치지 않는다. 성인의 도는 만민을 도울 뿐, 결코 그들과 다투지 않는다.

| 참고문헌 |

류시화 엮음, 《사랑하라 한 번도 상처받지 않은 것처럼》, 오래된미래, 2017년.

류시화 엮음, 《지금 알고 있는 걸 그때도 알았더라면》, 열림원, 2022년.

마빈토케니어 지음, 이재연 옮김, 《유대인 수업》, 탐나는책, 2019년.

마수추안 편저, 김호림 역, 《지학》, 김영사, 2005년.

박삼수 역주, 《쉽고 바르게 읽는 논어》, 문예출판사, 2021년.

박삼수 역주, 《쉽고 바르게 읽는 노자》, 문예출판사, 2022년.

성백효 역주, 《대학 · 중용집주》, 전통문화연구회, 2023년.

안동림 역주, 《장자》, 현암사, 2010년.

양조명 · 송입립 주편, 이윤화 번역, 《공자가어통해》, 학고방, 2016년.

주샤오메이 지음, 배성옥 옮김, 《마오와 나의 피아노》, 종이와나무, 2018년.

한비 지음, 권용호 옮김, 《한비자》, 지식을만드는지식, 2019년.

| 지은이 소개 |

권용호

경북 포항 출생으로 중국 난징대학교 중문과에서 문학박사 학위를 취득했다. 현재 중국 고전 문학 연구와 번역에 힘을 쏟고 있다. 특히 거시적 관점에서의 중국 문학 연구와 중국학의 토대가 되는 경전의 읽기와 번역에 관심을 두고 있다. 저역서가 대학민국학술원 우수학술도서와 세종도서(학술부분)에 네 차례(2001년, 2007년, 2018년, 2020년), 서울국제도서전에서 '한국에서 가장 지혜로운 책'에 한 차례(2024년) 선정된 바 있다. 저서로는 《중국 문학의 탄생》, 《아름다운 중국 문학》, 《고구려와 수의 전쟁》이 있고, 역서로는 《초사》, 《장자내편 역주》, 《서경》, 《한비자 1~3》, 《경전석사》 등이 있고, 중국의 정사 《수서》를 13권으로 완역했다.

노자老子로 살아보기

초판 인쇄 2025년 4월 15일
초판 발행 2025년 4월 25일

지 은 이 | 권용호
펴 낸 이 | 하운근
펴 낸 곳 | 學古房

주 소 | 경기도 고양시 덕양구 통일로 140 삼송테크노밸리 A동 B224
전 화 | (02)353-9908 편집부(02)356-9903
팩 스 | (02)6959-8234
홈페이지 | http://hakgobang.co.kr
전자우편 | hakgobang@naver.com
등록번호 | 제311-1994-000001호

ISBN 979-11-6995-681-9 03800

값 : 12,000원